霍青桐的人生哲學

楊馥愷◆著

武俠人生叢書序

全世界華人的共通語言——金庸武俠小說，世代不再只是文字想像，它早已幻爲千百個化身：漫畫、電玩、電視劇、電影、布袋戲……，不管是本尊抑或是分身，銷售率與收視率都相當可觀，儼然成爲一個新世紀的流行文化標記。

就出版的角度來看，從金庸武俠小說所延伸出來的各種議題，皆競相成爲出版的賣點，如金庸武俠小說世界中的愛情、武功、醫術、文化、藝術……等，都能受到讀者的歡迎，男女老少皆宜；當然，我們尚列了古龍、溫瑞安……等武林名家筆下的各知名小說人物供讀者玩賞、品味。

生智文化事業有限公司的相關企業「揚智文化事業股份有限公司」原有近三十本的「中國人生叢書」，擁有穩定的讀者群，在這樣的基礎上，生智文化特推出「武俠人生」系列叢書，爲求接續「中國人生叢書」的熱潮，一秉初衷，繼續爲讀者服務。

本系列叢書係以武俠小說主角人物爲主，一人一書；爲延續「中國人生叢書」的主題內容風格，「武俠人生叢書」乃以小說人物的「人生哲學」爲主軸，期能提供讀者不同的切入點，品評小說人物的恩怨情仇，唯寫法類似一般著名人物的評傳。同樣的小說，不一樣的閱讀方式，帶來的絕對是另一種新的樂趣。生智文化事業希望您可以在「武俠人生」裡盡情涵泳，在武俠小說與人生哲學之間來去自如，逐步打通任督二脈，使您的功力大增，屆時您將可盡情享受不那麼一般的人生況味！

誠所謂「快意任平生」！本系列叢書深論武俠人物的愛恨情仇等「人生哲學」，作者筆下可謂是感性、理性兼具，在這新世紀的流行文化出版潮流裡，爲男女老少消費群們，提供一個嚼之有味、回味再三的讀物。

生智編輯部　謹誌

唐序

十年前小愷就嚷嚷著說她將來寫書要找我作序，我說好，但前提是她必須把書寫出來。經過這麼些年，她果真把書寫出來了，不過，內容卻不是她過去一直嫻熟的國際政治事務，也不是後來改投師門所學的資訊管理，卻是貼近文學領域的金庸研究。還好，本書的題目不是眞叫她去作文學評論，而是「某某某的人生哲學」，我相信她可以做到。小愷練金庸的功力大約也有二十年了吧，如今另闢門路，以社會科學研究的精神來完成這本書，也算一絕。

金庸小說在華人社會受到歡迎的原因很多，在此無需再錦上添花地予以贅述。然而論其普及的程度，已經使書中的布局、人物、語言成了現代人生活中的一部分，韋小寶、令狐沖、郭靖、黃蓉、楊過、小龍女、程靈素這些鮮明的人物形象固然一躍而爲不同面貌的代表，降龍十八掌、九陰眞經、乾坤大挪移等武功招式有時也被應用來形容其他事務，就像《三國演義》的孔明借東風、

《水滸傳》的武松打虎般深入人心。金庸的風潮也扭轉了過去人們認為武俠小說難登大雅之堂的打打殺殺，在大陸上甚至已成為大學殿堂中的研究對象。

相對於其他幾部篇幅較長的著作，《書劍恩仇錄》似乎被討論的不多，除了內容比較單純之外，另有一個原因大概是男主角陳家洛拘泥禮教的個性不太討喜。所幸書裡面還有一個豁達大度的女主角霍青桐，可以讓人好好琢磨。她出現的場次雖然不多，但每次出場卻都是光芒萬丈，幾乎取代陳家洛成為中心人物。

小愷在這本書裡，用幾近寫研究報告的形式交待霍青桐的身世，對她的個性，以及因此牽動的感情處理方式和對現實世界的處事態度，都試著讓讀者用設身處地的態度去明瞭。雖然小愷給了主人翁很高的評價，可是我覺得霍青桐在《書劍恩仇錄》中的動人之處並不在於她明艷的外表，也不在她不讓鬚眉的高超智計，而在於以此近乎完美的女子，卻也有一般市井小民的煩惱和無奈。蘇東坡的《水調歌頭》說得好：「人有悲歡離合，月有陰晴圓缺，此事古難全。」人生有許多東西不是想要就能要得到，世間也有許多事務不是按照人們所設想的軌跡去進行。天地間的變數太多，多到沒有人可以預測，沒有人可以想像。佛家用「無常」概括了這一切，宇宙間的無奈，便蘊涵在這兩個字之中，雖是短短兩個字，也常掛在一般人的嘴邊，卻不是眞有些人生閱歷的人可以體會的。

談了這麼些人生，也該再次好好瞭解霍青桐了，就讓各位讀者看看，至今依然滿臉稚氣的小愷，心目中九十九分的霍青桐究竟是什麼樣的。

唐湘龍

自序

之前回了一趟童年故鄉——嘉義，離開之前兩個小時，特地去尋訪幼時父親經常在星期假日帶我去玩的嘉義中山公園。我推著向友人借來的腳踏車，在園間踏訪每一吋我曾經嬉戲的土地。

公園入口不遠處，有一座龜贔駝負的碑文。幼時因長輩以訛傳訛的傳說，總使我對帶有神祕靈異色彩的石龜心生畏懼而不敢走近。直到這次回去，在溯訪童年記趣的同時，方才得以一探究竟。

碑是清朝乾隆年間的古蹟，源於陝甘總督福康安奉派爲欽差大臣，率兵平林爽文之亂有功，清廷特於台灣郡城及嘉義爲之興建生祠，並將此次平台事蹟，御製碑文。當時共刻有紀功石碑十座，其中九座立於台南赤崁樓，一座立於嘉義，原先立於東門圓環附近的福康安生祠，幾經搬遷，方才移至現今所在。公園內這一座的刻文是以滿漢文對照。一番表揚之外，乾隆他老人家也不忘提上一首七絕，讀那詩時，只覺得格調和金庸在《書劍》第十回仿擬乾隆於點花國狀元所作的「才詩或讓蘇和白，佳曲應超李與王」頗可相互輝映，不覺莞爾。可惜當時來去匆匆，不及將它抄錄下來，否則讓讀者經過比較，定可對乾隆爺的詩風印象更加深刻。

我望著那塊石碑，除了乾隆、福康安，腦海中又浮現出陳家洛、霍青桐、香香公主等人的輪廓。中國歷史悠久，和各朝各代有關的歷史點滴不少，那塊「福康安紀功碑」不過是千千萬萬王公將相中的一個，其他荒煙蔓草間還有許許多多古人留下來的遺跡，訴說著更多不為人知的故事，香塚、埋香詞便是其中相當有名的一個。而由於不知詞為何人所作，亦不知埋香此處者為何方芳魂，便提供了文人雅士們許多的想像空間。除了《書劍恩仇錄》以外，近年正好又看過另外兩部由「香塚」衍生編寫的電視連續劇，雖然都不約而同地圍著香妃打轉，但一個把埋香詞的著作財產權給了乾隆，似乎和乾隆一般的詩詞風格有些出入。另一個甚至讓大學士紀曉嵐挑起原作的名號，那就差得更遠了。和這兩人比起來，我覺得還是陳家洛更為合適，陳家洛反正是個虛構人物，怎麼編都不會和自己矛盾，再者他在書中又中過鄉試，讀了不少經史子集，吟詩填詞的功力不會沒有。

金庸善於將歷史融入著作，從他的第一部小說就顯現出了這份功力。令人佩服的是，他寫《書劍》的時候還不滿三十歲。現在很多人討論金庸的作品，絕大多數都認為他的武俠小說已經登峰造極、震古鑠今。讚美的人很多，我也不必再在這裡錦上添花。我要說的是，金庸在小說上的成就，不僅是武俠小說史一個劃時代的突破，可能同時也宣告了那個時代的結束，畢竟能像他那樣從小飽讀詩書的環境已經一去不復返，而現代人的誘惑又太多，能坐下來好好把一本書從頭到尾看完的就算很不容易了。

除了引人入勝的情節、生動豐富的人物，金庸小說之廣受喜愛，還有一個更大的原因，那就是文化內容的包羅萬象。雖然金庸先生本人常自謙對詩詞一竅不通，甚至許多曾經在書中出現的技藝他也說功力甚淺，但不可否認的，在他揮灑自如的筆下，舉凡琴棋書畫、山醫命卜，或多或少都滿足了不同層面的讀者。這幾年來陸陸續續有人提出新一代人中文程度低落的問題，除了語文本身的學習水準下降以外，當然也包括了文化傳承的斷層危機。所幸，金庸小說的魅力吸引了不少懶於咀嚼那些文以載道古文的年輕人，如果年輕朋友能藉著閱讀金庸小說而喚起他們對中華文化的興趣，那麼武俠小說就不用再背負玩物喪志的千古罪名了。

爲了不辱這一番金庸研究的行列，我投入極大心力去寫這本書。平時我是個快筆手，尤其寫雜文、寫信時幾乎都是不假思索、一氣呵成，這兩年習慣電腦打字以後，也可以直接在螢光幕前敲打鍵盤。沒想到在研究霍青桐的過程中，幾度在電腦前無法下「筆」，我只好背了一大袋書，跑到附近圖書館，像從前學生時代念書一般，把自己埋在書堆裡，左手撐著額頭，右手拿筆，似乎這樣才能集中思緒。但如此一來，又免不了要回家以後再把這些好不容易整理出來的草稿打進電腦的工夫了。無論如何，《霍青桐的人生哲學》總算在一番努力之下成書，希望讀者在欣賞霍青桐的英姿颯爽之餘，也能從其他不同的角度，再一次認識這一位不凡的回疆美女。

楊馥愷

目錄

感情篇 63

處事篇 125

人生觀篇 179

前言

一九五五年，金庸在香港《明報》初試啼聲，執筆展開《書劍恩仇錄》的連載，開啓了他轟動武林、驚動萬教的武俠系列著作，開創了新派武俠小說的紀元。一般說來，金庸武林宗師地位的奠定是在《射鵰英雄傳》之後，但值得注意的是，《書劍恩仇錄》雖是金庸的第一部作品，但已經光芒萬丈，一出手，就幾乎預見後無來者的境地。與往後幾部著作一樣，《書劍恩仇錄》的開場由正史帶出時間，交揉漢族與中國邊疆其他民族的歷史糾葛以及巧妙應用野史的傳說，再嵌入書中人物的感情糾纏，可說開創了金氏小說的體例，自此鋪排出一部部令人蕩氣迴腸的武林兒女列傳。

金庸擅於結合正史與傳說，再將此二者的梗概添加骨血予以豐富。讀過金庸小說的人無不對郭靖固守襄陽的場景印象深刻，也必然對韋小寶簽訂尼布楚條約不會陌生。嚴肅的歷史學家或許認爲這樣的穿鑿附會不足取，但如果據此便直指金庸對歷史不負責任，又未免苛責太深。

歷史是歷史，傳說是傳說，本來各有各的領域，無需加以混淆。太空人登陸月球不會從此跟嫦娥奔月說再見，登上萬里長城的人也不致於非要憑弔孟姜女和萬杞良。認識歷史是讀者自己的求知良心，不需讓小說作者背負這麼沉重的包袱。就像羅貫中的《三國演義》在中國流傳了幾百年，書中許多穿鑿附會的故事已隨著民智漸開還原原貌，但眞相的還原也不因而有損三國演義在文學殿堂的價値和地位。史學家對普羅大衆的要求也只在提醒，卻非是撻伐作古幾世紀的羅貫中爲棄曹魏正統而奉蜀漢爲正朔。

近年來金庸小說讀者群範圍越來越廣。由於金庸本人深厚的文化背景和文學素養，連帶使得過去被譏爲難登大雅之堂的武俠小說，已漸漸成爲顯學，甚至不少原本以學院派自許的學者教授，也開始以欣賞的角度看待金庸小說，進而加入了研究的行列。

在《書劍》全書裡，金庸採用了幾個原本在民間十分普遍的傳說，運用他豐富的想像力，鋪編出一串串有血有淚的感人故事。關於乾隆生父是漢人內閣大學士陳閣老一事，和「貍貓換太子」的稗官野史一樣，都早已深入民間。第二個被運用的傳說是香妃的故事。香妃、香妃塚、香妃化蝴蝶，還有最後由陳家洛爲喀絲麗作的那段「浩浩愁，茫茫劫，短歌終，明月缺。鬱鬱佳城，中有碧血。碧亦有時盡，血亦有時滅，一縷香魂無斷絕！是耶非耶？化爲蝴蝶。」銘文，都在書中賦予了他們的新生命。關於這一部分，本書將在〈生平篇〉中有進一步的討論。另外一個比較有趣的例子，是新疆的幽默智者阿凡提，也適時地出現在其中。金庸除了把阿凡提幾個原有的傳說再度嵌進書中，還讓他幫助紅花會處理這個全書的第一大反派——張召重。

武俠、江湖、綠林，都是以男性爲主的世界，陽剛氣也占據了那個空間的大部分比重。可是，鐵漢也有柔情。武俠小說雖不以鴛鴦蝴蝶爲主，讀者還是多少會期待書中的男主角也能談談戀愛。除了第一男主角、第一男配角、第二男主角、第二男配角這些「綠葉」之外，這個世界也需要一些「紅花」，才能增添小說的可看性。於是，女主角、女配角就隨之產生了。

金庸小說之所以評價極高，原因不勝枚舉，其中有一點很重要的是，金庸

「既不重複他人，也不重複自己」。一個人才情有限，通常越是產量高的作家，在塑造了幾個人物、幾則故事後，便很難突破既有的窠臼，人物的個性越來越模糊，相似性越來越高。可是，金庸小說的歷久彌新，絕不是浪得虛名，因爲他創造了各個形貌不同的人物，且各有各的妙處。

創造了那麼多人物，據金庸自己說，在他筆下的男性人物中，胡斐、喬峰、楊過、郭靖、令狐沖這幾個是他特別喜歡的。對男性人物如此，那麼對紅粉佳麗的觀感又是如何呢？金庸先生對此一點也不吝嗇，洋洋灑灑開出了一大張名單。據他自己的分類，在他筆下有三種女子最爲其所喜愛：

第一種是最欣賞的，包括有黃蓉、小龍女、程靈素、駱冰、阿九、何鐵手、藍鳳凰，金庸說，當她們是朋友、老師，那很好，如作爲妻子，自己會有壓迫感，覺得尊敬有餘、親暱不足；第二種是他心目中理想的妻子對象，如任盈盈、趙敏、阿朱、曾柔、周芷若。如任盈盈，她大方體諒而寬容，丈夫做錯了什麼事，她一笑置之，不會窮追苦查；遇上大事，她比丈夫更聰明，更能解決問題，不但是賢內助，且是賢外助。最後一種是他心中對之有柔情、有愛意、願意終生愛護她的女子，像是郭襄、小昭、儀琳、雙兒、阿碧、阿九、程英、公孫綠萼、甘寶寶。金庸特別標明這第三種女子和妻子不同，他願意愛護、憐惜這一類小姑娘，認她們做義妹，收為徒弟，只在心裡偷偷愛她，但不敢發展愛情。他說，那是一種「已婚男子」的祕密感情。

在這三種女子中，羅列其中的二十又一，《書劍恩仇錄》全書的兩位女主角霍青桐和香香公主榜上無名，居於陪襯地位的駱冰卻赫然在列，金庸本人自己創造出麗似仙人的香香公主，在許多金迷的討論裡通常被拿來與小龍女相比較，而有「小龍女是天眞，香香公主是白痴」的概觀，如此倒溯作者本人對她的感情，不予認同但倒不令人意外，然則竟連「集美麗與智慧於一身」的霍青桐也付之闕如，似不得不令人有遺珠之憾。

按照這樣的標準來看，霍青桐至少可以列入其中前二分類。論才情，其於「黑水營之圍」指揮若定，所展現的軍事才能較黃蓉透過魯有腳教導郭靖攻打花剌子模的智計絕不遑多讓；論體諒，雖然達不到任盈盈的閑淡，然就與陳家洛的個性互補而言，也不下於《倚天屠龍記》裡的趙敏和周芷若。

或許金庸一直認爲，《書劍》這部處女作，許多寫作技巧未臻成熟，藝術境界和哲學引喻的提升也還沒達到令人滿意的地步，因此連帶對書中主角的期待不免打了折扣。

相對於陳家洛是海寧陳家後人的關聯，香香公主脫胎自香妃的傳說，霍青桐可說是一個完全虛構的人物。霍青桐每一出場，總是影響局勢的發展，並進而帶動全書的氣氛。只可惜她出現的場次不多，從上冊第一回末出現，到第四回和紅花會群雄結識之後不久就返往回疆，直到下冊的第十四回才再度現身，前後算來，總共占了一冊不到的篇幅。若從時間的流動來看，最多也不過一、兩年時間的光景，可是她的生命卻十分豐富，在各方面的表現也非常耀眼，比起其他幾部長篇著作的女主角，不論美貌、智慧、品德，都絕對是上上之選，毫不遜色。她的許多面貌，也相當值得金迷們更深一層去認識。

遠流公司網站上設置的「金庸茶館」（http://jinyong.ylib.com）討論區中，金迷們對書中極力塑造的麗人喀絲麗雖然在「金庸小說裡最美麗的女子」中之列，但是相對的批評也不少，如前所述，其中甚至毫不客氣地直指喀絲麗類同於白痴的抨擊。反之對喀絲麗的姊姊霍青桐，幾乎是一面倒的正面評價，尤其在評選「金庸小說中的十二金釵」這一個主題裡，獲得許多金迷的青睞，比香香公主入選的次數多了不說，還有幾位把她類比作《紅樓夢》裡敢言勇爲的另一個正面人物探春。探春是榮寧二府所有小姐中最有膽識、有魄力、有才幹，且最具政治風度的巾幗。探春的才識不凡，最主要在五十六回「敏探春興利除宿弊」。探春當家理事，開源節流。一方面省去哥兒們學習費用和姑娘們頭油脂粉的重複開支，另一方面仿傚賴大家園子的榜樣，也欲從大觀園補給生息，分給衆婆子管理收拾。她的思想超越封建貴族小姐的局限、視野與藩籬，才志清高、英姿颯爽。探春豪氣干雲，打擊惡勢力大快人心，如在抄掠大觀園時，一幫欺主刁奴正一路勢如破竹、沸沸揚揚風捲殘雲般地襲剿大觀園時，諸院皆敢怒不敢言，或唯唯諾諾、閉聲噤氣，除了晴雯演出倒篋火爆場面外，就只有三姑娘探春反擊並打最漂亮的一仗！

誠然大多數金迷及金學研究專家都認爲，金庸的作品是後期比前期的好，長篇比中篇的好，在這樣的印象之下，《書劍》顯然非是金庸武俠系列十三部中的上品。可是，當衆人異口同聲讚揚令狐沖和韋小寶的時候，卻往往忽略了，在這部被視爲不成熟的作品中，男女主角陳家洛和霍青桐的人物個性，及二人在江湖／江山世界和感情路上所受的挫折，卻最貼近現實。

不可諱言的，霍青桐在《書劍恩仇錄》中的出現，以和陳家洛的感情互動最受矚目；其次，由她領導的「黑水營之圍」則包含她智慧的累積。本書將循序介紹霍青桐的生平、性情，並用全新的觀點討論她的感情世界、處事智慧、人生觀等，事實上這幾個面向互相關聯，均造成她在爲人處世態度上的影響。這都將在後續的章節和讀者一一分享，期與讀者共勉之。

霍青桐的人生哲學

生平篇

從張騫通西域談起

對中國歷史稍具常識的人都知道「張騫通西域」這一段開創東西交流的歷史。這一條起自中國西安，途經甘肅、新疆、帕米爾高原，直抵西方波斯、羅馬的長廊，原先因爲政治因素披荊斬棘開拓出來的通道，卻造就了人類經濟的發展，也成了今日西方世界探究神秘東方重點之一的絲綢之路。

早在秦漢時期，西域地方已經形成三十六個小國散布其間，最多時甚至還曾達到五十餘國之數目。當時匈奴勢力強大，經常騷擾中國北部邊境，西域諸小國也多成爲匈奴的附庸。

張騫，漢中（陝西省南鄭縣）人，武帝即位初年，擔任郎中的官職。當時漢朝爲了徹底解決北方的禍患，決定終止與匈奴和親的關係，準備結交盟國，共同對付匈奴。聽說原來居住在河西一帶的大月氏國，因受到匈奴的迫害而遠徙中亞，兩國之間存在著深仇大怨。武帝企圖運用這種巧妙的國際關係，於是通令全國，招募勇敢果決的志士前往西域，聯合大月氏共同夾擊匈奴。張騫聽到這個消息，立刻挺身而出，應募為使節，掌握了這千載難逢的良機，展開他個人多采多姿的冒險生涯，也展開了漢朝經通西域的序幕。

建元三年，張騫奉命向西域出發，當時西域大部分地區都屬於匈奴的勢力範圍，而且漢朝對於西域地方，幾乎是一無所知，在這種不利的情況下，張騫不怕任何的艱難，勇敢地率領一百多名壯士，邁向完全陌生的世界。這對於一向安土重遷的中國人來說，是一件超乎想像的事。

張騫的使節團一出漢界，才到達隴西，就被匈奴所俘擄。張騫毫不畏懼地表明自己是漢朝的使者，一時間匈奴也沒有將他置於死地，不過，他還是被留下來拘留了十年多，後來在某個機會裡才趁機脫逃，繼續西行，取道天山北路，經大宛、康居等國，終於抵達大月氏。由於大月氏最近得媯水（阿姆河）北岸地區，土地肥沃、生活優裕，已無意再對匈奴復仇，張騫所負的外交任務遂告失敗。懷著失望之情，踏上歸途，沒想到又遭匈奴發覺，再度被扣留了一年多；後來趁著單于去世，匈奴內亂的時候，逃回中國，元朔三年，終於歸抵長安，奉使時間前後長達十三年之久。張騫出國時，使節團有一百多人，返國時，只剩下他和同伴一人而已。

漢武帝得知張騫平安回來，非常驚喜，立刻召見，並詳細詢問西行的經過。張騫雖然沒有達成與大月氏結盟的任務，但是對於西域各國的武力、人口、風俗、民情、交通、物產等，有著相當的瞭解，便將所見所聞向武帝詳細報告，這是漢朝首次獲得直接而明確的西域資料。張騫並建議朝廷考慮與烏孫、大宛、康居等國通使結盟，同時開闢西南地區，和身毒（印度）、大夏等國溝通。我們可以很清楚地看出，日後武帝經通西北的各項措施，顯然是以張騫的報告爲藍本。

元朔六年，漢武帝派大將軍衛青北伐匈奴，因爲張騫曾在匈奴居住十多年，對當地的情況比較瞭解，於是以校尉的身分隨同出征，隨時提供適當的建議，果然不負所望，戰爭獲得勝利，張騫也因功被封爲博望侯。過了二年，他再度奉命追隨驃騎將軍霍去病出征匈奴，哪知其中有一支部隊竟被匈奴包圍，張騫雖然率兵趕到，解除了危機，但是漢軍卻有四千多人犧牲了，最後張騫也因爲行軍遲緩的罪名，被除去博望侯的爵位。

歷盡千辛萬苦才得到的功名，旦夕之間又化爲烏有，張騫的心裡難免失落，可是，他並不因此而懷憂喪志，仍然一心一意想要有一番作爲。後來爲了封鎖匈奴，擴大經通西域的績效，武帝有意聯結西域大國烏孫，於是張騫獲得了第二度出使西域的機會。元狩四年，張騫以中郎將的官職，率領副使、將士三百餘人，攜帶大批的牛羊及金銀珠寶等，再次西行，由於規模龐大、聲勢雄壯，充分反映出漢朝國威的成長。當時河西地區已成爲漢朝的直屬郡縣，張騫所率領的使節團很順利地抵達西域。

匈奴對北漢雖然不再構成威脅，但是在西域地區仍然有極大的影響力，匈奴的騎兵就經常在天山南北麓一帶出沒。西域各國雖然肯定漢朝的強國地位，但由於相距太過遙遠，對於漢朝與匈奴之間，採取兩不得罪的態度。張騫抵達烏孫，雖然表達出結盟的誠意，烏孫國王卻沒有明確的回應；張騫只得派遣副使分別前往大宛、康居、大月氏、大夏諸國，所得到的結果也大致一樣，聯合西域以制匈奴的外交使命仍告落空。張騫返國時，烏孫只派遣使者數十人，隨行報聘，表示對漢朝的感謝。

張騫兩次出使西域，最西抵達安息，也就是今日的伊朗。中外學者均認爲張騫出使西域是絲路開通的歷史標誌，且其親身經歷豐富了以往對西域各國的認識與瞭解。之後漢武帝爲了經營西域，設河西四郡（敦煌、酒泉、張掖與武威），築長城直達羅布泊，設西域都護府，直接管理西域各邦國。

西漢末年，國勢衰弱，無力控制西域，西域分裂爲五十餘國。王莽篡漢，廢除西域諸國王號，西域諸國不滿，與中國斷絕。西域與中國的交通，再度因匈奴的興起而中斷。東漢初年，西域諸國不堪匈奴壓迫，要求漢室恢復設置西域都護，但光武帝劉秀以國力薄弱加以拒絕。明帝時，東漢國力逐漸恢復，竇固爲了對付北匈奴，屯田於伊吾盧（新疆哈密），斷匈奴右臂，並派部將班超出使西域，以恢復漢室的聲威。

到了明帝時，班超率吏士三十六人出使西域，先抵鄯善，殺匈奴使者，鄯善王懾服；繼而降于闐，並協助疏勒復國，復置西域都護。章帝時，匈奴及其附從焉耆（新疆焉耆）等國攻殺西域都護，西域又亂，班超得疏勒、于闐等國支持，戰勝莎車等國，打通西域南道。和帝時，竇憲大破北匈奴，一向依仗匈奴的龜茲等國，亦向班超請降，漢派班超爲西域都護。後來班超又發兵攻破焉者，於是西域五十餘國皆與中國通使，並納質內屬。

東漢這兩次出兵車師，打開通往西域的門戶，在定遠侯班超與其子班勇的努力耕耘下，西域始終在東漢的勢力範圍內，使匈奴無法越雷池一步，班勇所寫的《西域記》是跟隨其父班超出使西域的親身見聞，全部收入在《後漢書》內，與《史記》的〈大宛列傳〉、《漢書》的〈西域記〉同是瞭解西域的寶貴文獻。

西元六到十世紀的隋唐時代，絲路發展到了鼎盛時期。隋煬帝是個好大喜功、驕橫奢侈的皇帝，對西域奇珍異寶十分好奇，曾派遣裴矩經營對西域的商務貿易事宜，裴矩努力擴展外貿，鼓勵商旅到長安與洛陽，一時西域商人、使節、冒險家在絲路上來往，絡繹不絕、熱鬧非凡。秦漢時的匈奴此時成爲唐朝北方大患的突厥，控制西域地區。唐太宗平定突厥之後，繼續經營西域，先後多次用兵。貞觀八年（西元六三四年），吐谷渾叩邊，太宗派李靖、侯君集、王道宗等出擊，次年吐谷渾伏允可汗逃入沙漠，後爲國人所殺，太宗另立吐谷渾國王。貞觀十三年（西元六三九年），太宗以高昌王麴文泰西域朝貢，遂命侯君集、薛萬徹等率兵伐高昌。次年，高昌王病死，其子智盛繼位，投降唐朝。太宗於是在高昌首府交河城置安西都護府，西域各國皆到長安朝貢。在高昌（今吐魯番）設立安西大都護府，後遷府於龜茲（今庫車）。武則天當政之時，復於庭州設立北庭大都護府，以行使大唐政令。大唐的盛世，使得東西方的往來更爲頻繁，中西間的文化、經濟交流，也都臻於空前的鼎盛。

唐末五胡亂華之時，回鶻人因避亂而大舉遷移到天山南北麓。西夏宋代時期，回鶻雖先後在新疆的高昌、喀什及和田建立了三個地方政權，但均臣服於中原的宋遼政權。元代自成吉思汗西征花剌子模，便入蒙古版圖，並設立行尙書省及行中書省，管轄天山南北麓的軍政要務。明代初期，新疆還在成吉思汗次子察合台汗後代手中，但不久因內鬥分裂，各自割據抗衡，但均向明朝臣服。新疆東部則爲明朝設立的哈密衛直接管轄。

清朝康熙年間，新疆北路漠西蒙古準噶爾部大汗噶爾丹叛亂。爲爭取回人支援，遷喀什地區察合台汗之後裔諸王于伊犁，改立伊斯蘭教白山派教主爲汗。和卓木遂掌新疆南路政教兩權。

高陽先生在《清朝的皇帝：二》一書中引用林惠祥《中國民族史》〈第十章・突厥系〉指出：「明代新疆南路各城之王仍爲察合台汗後裔，然其伊斯蘭教主穆罕默德之後裔由於帖木兒帝國之崇信伊斯蘭教而東來，至其都城撒馬爾干，後於明中葉復移居於喀什噶爾。

和卓木二子，長名加利宴，次名伊撒克，亦皆得人民之信仰。長開白山宗，次開黑山宗。其後教主之權竟逐漸取察合台後王而代之，自此以後伊斯蘭教即稱爲回教，而回族遂兼有種族上及宗教上二特性。

清康熙時準噶爾汗噶爾丹率兵入喀什噶爾，立回教白山派教主巴克爲汗，而遷去察合台後裔於伊犁，於是和卓木之裔遂兼握政教兩權。至乾隆時準噶爾部阿睦撒納叛清，回教主大小和卓木遂乘機率回族抗清謀獨立，然卒敗死，回部卒歸清統治，時乾隆二十四年。」

乾隆十九年，準噶爾部意欲叛變，並出兵將兩和卓驅出喀什。回部大、小和卓木於是求助於滿清。乾隆以兆惠爲定邊右將軍幫助和卓討平叛軍，平定伊犁。大、小和卓木也因此得以還回喀什。乾隆二十、二十一年間，朝廷先後派班弟、兆惠等人率兵至新疆討平叛變首徒達瓦奇、阿睦爾撒納等；繼之，下令派遣官兵駐防伊犁，由奉天省十三城所住的錫伯族人中挑選一千零八戶派駐伊犁駐防。該部官兵到達伊犁後，駐防於伊犁河南岸一帶地方，分配土地，編入八旗之中，設領隊大臣、總管佐領等辦理旗務並兼理防守邊界之事。翌年，由於喀什噶爾軍事緊急，錫伯、索倫兩部中派騎兵一千援助南疆，越過喀拉庫爾達阪兼程前進，與大軍會合後充任先鋒，奮勇作戰，將匪首霍集占之兵擊敗，尾追殺戮，至阿富汗西北巴達山中，將匪戶口全行俘獲。據傳，此役俘獲香妃進京。

乾隆皇帝平定了沙俄撐腰下的準噶爾部貴族傀儡政權的叛亂及地方上的大小叛變，重新統一新疆。西元一七五九年改西域爲新疆，意指「新的疆域」。一七六二年又在新疆設置最高軍政長官——伊犁將軍，統轄天山南北。

從香妃、香香公主看霍青桐的血緣背景

根據清史稿的記載：「高宗容妃，和卓氏，回部台吉和札麥女，初入宮號貴人，累進爲妃，薨。」史料表明，和卓氏生於雍正十二年（西元一七三四年），爲新疆伊斯蘭教的始祖派噶木巴爾的後裔，世居葉爾羌，屬和卓旗，故稱和卓氏。乾隆二十三年，清軍進入新疆討伐反清首領霍集占時，容妃和卓氏的哥哥圖爾都隨同親族配合了清軍作戰。戰爭結束後，圖爾都等於乾隆二十五年（一七六〇年）二月被召入京，受到封賞。在定邊將軍兆惠凱旋回京時，容妃隨親屬一同到達京城定居。後不久，被選入宮內，乾隆二十五年二月，被封爲和貴人，時年二十三歲。兩年後，被冊封爲容嬪，時年二十五歲。乾隆三十三年六月，太后命升容嬪爲妃，這時她三十五歲。

容妃不但深得乾隆的寵愛，和太后的關係也十分良好，所以她由嬪升格爲妃，還是太后老人家的意思。她曾隨乾隆南巡江浙，東巡到泰山曲阜，還到過盛京（今瀋陽）去拜謁清朝祖陵。

至於她在宮中的地位，的確是十分特別的。乾隆為了尊重她的民族習慣，不但允許她穿著回族的服裝，宮內還專為她聘請回籍廚師。為了聊慰她的思鄉之情，乾隆又在南海之南大興土木，為她專建一座「寶月樓」。蓋好之後，乾隆還作了一篇〈寶月樓記〉。而且遠從新疆回部遷來一支回民到北京西長安街居住，稱「回子營」，讓「寶月樓」與「回子營」的禮拜寺南北相對。乾隆常攜香妃登樓眺望。寶月樓建成於乾隆二十三年秋，照時間推算，則在回部反叛之前不久。依據香妃得寵的程度，更可想見是在建樓之前和乾隆要好一段時間了。香妃初入宮時，被封號和貴人，後來晉封為容妃。從二十歲入宮到乾隆五十三年崩逝，享年五十五歲。葬於清東陵，卻不是傳說中的「香塚」。至於坊間傳說有「因企圖行刺乾隆而被太后賜死」者，顯然不太可信。另有傳說被嬪妃向太后進讒言，因而被賜死一事，因太后於乾隆四十二年辭世，比香妃的死還早了十一年，時間上就十分矛盾了。

既是如此，《書劍》的讀者還是不免將容妃和香香公主相提並論。那麼，香香公主究竟有多少容妃的影子？她二人的異同又在哪裡呢？

依照金庸先生自己的說法：「香香公主也不是傳說中或歷史上的香妃。香香公主比香妃美得多了。」可以說，金庸在他的處女作裡，巧妙擷取了野史的傳說，把香妃的典故揉合進清朝開疆拓土的歷史，便昇華成這一段令人目眩神馳的故事了。蘇墱基先生在《金庸的武俠世界》〈香香公主與香妃〉一文中，曾就她二人都同是回族掌教之女、生而體有異香、乾隆都給她們蓋了寶月樓和回子營這三點，點出香香公主脫胎自香妃的背景，再由她二人的姿色、入宮的模式、人生旅程和下場比較其間的差異。其中關於香妃的出身，蘇墱基引自唐邦治的《清皇室四譜》中后妃譜所載：「容妃和卓氏，台吉和紥麥女。」以下並說明：「『和卓』是回語中『掌教』的意思，有的譯為『和卓木』或『和紥麥』。由此兩相對照，可以想像回部首領木卓倫，可能為掌教和卓木，而木卓倫的女兒香香公主，自可影射是『和紥麥女』了。」

高陽在前書再引用孟心史《香妃考實》說：「妃之為和卓氏，自必出於和卓之家。但若為舊和卓之女，則與大小和卓為兄妹，若為大小和卓之女，則亦不能定其為大和卓之女，抑或小和卓之女。惟大小和卓在伊犁初定時，實為愛受中朝之惠，而得返故境。迨其叛也，已在二十二年間，始漸明叛狀，至二十四年，乃討平之，兩和卓授首。」

明朝末年，伊斯蘭教始祖穆罕默德之二十六世孫東來，在新疆南路發展伊斯蘭教勢力，稱二十六世和卓，也就是霍集占兄弟之高祖。然到了乾隆二十三年，因大、小和卓木的抗清，兆惠用平准部得勝之師南下討伐，竟被圍困於黑水河。第二年，清軍圍解，便合兩路之兵，大敗回部。據歷史記載，乾隆二十四年，霍集占爲其族人所殺，回疆平定。這「族人」即是香妃的另一個哥哥圖爾都和她的叔叔額色伊。至於香妃本人，則被大、小和卓當作了「禮物」，於籲請滿清出兵時送給乾隆。這場戰役，便是《書劍恩仇錄》中藉以彰顯霍青桐大敗清軍，以及香香公主被俘前後的故事藍本。

前段提到的野史傳聞，便是說香妃是新疆回部大、小和卓的香香公主。乾隆年間，小和卓木霍集占，也就是香香公主的父親（或哥哥）起兵造反。滿清出兵鎮壓。霍集占兄弟被殺，香香公主被獻俘北京。乾隆因愛此女，納爲妃子。但香妃心懷族仇家恨，身藏利刃，意欲利用機會刺殺乾隆。此事不料爲太后得知後，爲保乾隆安全，不顧乾隆原先的寵愛，將其賜死。

再回頭看金庸的《書劍恩仇錄》，除了原本已經定位的香香公主，又加上了一個完全虛構的姐姐霍青桐，並且加油添醋橫生了姐妹花和男主角陳家洛的一段三角戀。雖然和正史略有出入，但無論如何繁衍，基本情節仍取材於上述野史故事。據書上說，霍青桐和族人是屬於天山北路的一個游牧部族，人多勢盛，共有近二十萬人。他們以游牧爲生，遨遊大漠，原本倒也逍遙自在。但清廷勢力進展到回部後，徵賦越來越多。木卓倫起初還想委曲求全，儘量設法供應。哪知滿官貪得無厭，弄得回族民不聊生。木卓倫和族人一商量，都覺如此下去實在沒有生路，幾次派人向滿官求情，求減徵賦，豈知徵賦沒有減少，反而引起了清廷的疑慮。正黃旗滿洲副都統、兼鑲紅旗護軍統領、定邊將軍兆惠其時奉旨在天山北路督辦軍務，察知此族有一部祖傳手抄《可蘭經》，得自回教聖地麥加，數十代由首領珍重保管，乃這一族的聖物，於是趁木卓倫遠出之際，派遣高手，竟將經書搶了過來，他想以此爲要脅，就不怕回人反抗。木卓倫在大漠召開大會，率衆東去奪經，立誓即便是埋骨關內，也要聖書物歸原主。

師承門派及武功

霍青桐的童年可以想見是在父母的呵護和族人的簇擁下成長。幼年時除了和妹妹、玩伴在天山腳下過著游牧生活，也開始學習草原民族必不可少的馬上功夫。

說起武功，霍青桐的造詣當然不能算頂尖高手，可是，傳承自天山雙鷹的三分劍術，在書劍的幾位女子中，卻已經是第一把交椅。書中描述李沅芷的柔雲劍術已到相當火候，如果心神定下，以靜制動，也未必馬上落敗。換句話說，兩人的實力應該在伯仲之間，霍青桐只稍勝一籌。李沅芷十四歲起跟著陸菲青正式習武，在這之前則因父親李可秀是個武將，所以她從小也練練拳腳。假設兩人資質相當，可以推算出霍青桐應當在十歲出頭便開始學功夫。依木卓倫在回部的勢力，要替霍青桐在當地找個好師父想必不是什麼難事，不過想找到像關明梅、陳正德這等出自中原，而隱居回疆，又帶著古怪脾氣的高手，恐怕就不是那麼容易了。

霍青桐一出場，除了對男裝的李沅芷露了一手馬鞭絕技以外，便在搶奪《可蘭經》以及和李沅芷交手時施展了天山派的這門劍術絕詣。所謂三分，乃是因為這套劍術中每一手都只使到三分之一為止，敵人剛要招架，他的劍法卻已改變，而且每一招之中蘊涵三招，十分繁複狠辣。更絕的是，這套劍術並無守勢，全是進攻殺著。

這套劍法的招勢，每一招都取了和西北風物有關的名字，像是「冰河倒瀉」、「千里流沙」、「風捲長草」、「舉火燎天」、「雪中奇蓮」、「海市蜃樓」、「冰河開凍」、「夜半烽煙」等。劍光霍霍，大開大闔，全是西北風光。剛直凌厲，頗符合霍青桐處事的作風；然而三分的點到為止，又暗含她對感情的看法。

最難得的是，霍青桐以其雙十年華的功力，劍招使來，竟得《書劍》中三大高手陸菲青、趙半山和無塵道長的誇讚。她起初雖因功力不足，受制於陸菲青劍下，可是陸菲青說：「姑娘你別以為敗在我手下是丟臉，能像你這般跟我拆上幾十招的人，武林中可並不多。」愛劍成痴的無塵道長，他的奪命追魂劍在江湖上能擋得住他三招兩式的也不多見，而他竟會稱許一個沒見過的女娃娃，那就更令人嘖嘖稱奇了。無塵和趙半山在一旁觀看霍青桐和閻世章交手，評道：「這一招刺他右臂，快是夠快了，還不夠狠。」趙半山卻說：「她怎能跟你幾十年的功力相比?你在她這年紀時，有沒有這般俊的身手？」這幾位老前輩輕描淡寫的誇讚，實是直勝過一場武林盛會的擂台爭奪。

和中原群雄的邂逅

李沅芷第一次見到霍青桐的時候，說是和她年事相仿，大約也是十八、九歲。不過仔細推算，書的一開頭，乾隆十八年，李沅芷時年十四歲。到乾隆二十三年李可秀因平定伊犁一役有功調回江南，李沅芷應是十九歲。喀絲麗出場不久，書上明寫著她芳齡十八。如果霍青桐比妹妹大一歲，那麼她就是十九歲，和李沅芷同年齡；如果她比妹妹大兩歲，那就是二十歲，比李沅芷稍大一點。那時乾隆二十三年還沒過完，到了年底十一月時發生黑水營之圍。

前已提及，霍青桐和族人因爲要奪回手抄本《可蘭經》來到關內。這一趟出門，本來關係到是他全族的榮辱，不料卻因此和中原一群以反清爲職志的英雄結交，並因此改變了她的一生。

和李沅芷的不打不相識，其實只是這場邂逅中的一個開端，並不算她和中原豪傑的正式結識。但不可否認的，前後的因果卻是和李沅芷的師父陸菲青向陳家洛提及她是天山雙鷹的傳人，才引起陳家洛特別的注意。尤其是當她因爲和閻世章搶奪《可蘭經》時，也是因爲陳家洛出手相救才死裡逃生。

雖然只有一天的短暫相處，霍青桐已經和紅花會的英雄結成了肝膽相照的朋友。令人遺憾的是，這場美麗的邂逅十分短暫，霍青桐和陳家洛之間的情愫都還來不及發酵，李沅芷一番男扮女裝的波折，馬上在這上頭澆下冷水。陳家洛原先說好讓回部朋友幫忙搭救文泰來的約定也馬上變了卦。不得已，霍青桐只得和父親、兄長和族人暫時回到回疆，繼續他們的部族生活。

然而清廷的逼迫不斷，紅花會人馬此時正好得到消息，千里迢迢又來到回疆通知他們消息。只是這次的重逢令霍青桐十分不堪，因爲再見到陳家洛時，意中人竟是偎郎大會上妹妹選中的情郎。

這之間的曲折本來難以道盡，妹妹喀絲麗和陳家洛在滿州使者的半逼半迫之下，隨使者到兆惠陣營覆信。這一去，陳家洛、喀絲麗和隨後前來尋找總舵主的紅花會其他成員全都陷入了張召重布下的重圍。爲了相救這群曾經和自己以及族人短暫相聚的英雄和妹妹，霍青桐擔負起營救任務的指揮，在黑水河畔和清軍結結實實打了一仗。

在這場戰役中，霍青桐運用她從《三國演義》學來的計策，並有效配合她所熟悉的天時、地利、人和，把清兵打得落花流水，史稱「黑水營之圍」。

打完一場勝仗的霍青桐，心力交瘁。本想離開部族去投靠師父，卻在途中遇到前來尋仇的關東三魔——滕一雷、哈合台和顧金標。幸好自己還掌有對環境熟悉的優勢，又找機會放出師父養的兩頭巨鷹，拖延到師父來相救，才得以保全完整之身。

只是一波未平，一波又起。生性莽撞的雪鵰關明梅一聽說自己愛徒受委屈，也沒弄清事情的前因後果，便拼了命要去找陳家洛教訓。霍青桐擔心鑄成大錯，拖著疲憊的身子去追師父。不巧在途中又與關東三魔狹路相逢。此時她無力抵抗，想要拔刀自盡，覬覦她美色的顧金標卻趁機把她逮住。關東三魔本來帶著她啓程東歸，卻被霍青桐故意誤指途徑。四人在大漠迷失了方向，無巧不巧地碰上燒狼煙求救的陳家洛、喀絲麗以及張召重。

此番重逢，情況又有不同。霍青桐幫著陳家洛，一面對付狼群，一面對付四個魔頭。他們用智計擺脫了狼群和張召重等人，在玉峰底下，霍青桐幫助陳家洛練成了「庖丁解牛掌」。在石室內，又與前來尋找總舵主的紅花會衆當家以及天山雙鷹、袁士霄、陸菲青師徒、阿凡提會合。衆人齊心合力解決了關東三魔，也剷除了張召重這個大患。這一連串事情告一段落，霍青桐帶著喀絲麗依依不捨地和群雄道別，暫時回到回疆。

出人意料的是，紅花會群雄離開回部時，兆惠的殘兵敗將本在黑水河被圍得窮途末路，可是清軍突然增兵，與被圍的兆惠殘部內外夾擊。霍青桐當時在病中不能指揮，木卓倫和霍阿伊力戰而死，香香公主被俘。最後霍青桐有賴衛士捨命惡鬥，把她救到雙鷹處。

惦記著被俘的妹子，霍青桐和雙鷹來到北京，卻聽到喀絲麗已經身殉的惡耗。趕到禮拜堂為之禱告，又遇到了伏地痛哭的陳家洛。

對乾隆既已徹底失望，群雄只得在乾隆於雍和宮擺下的鴻門宴上作最後一擊，可惜因為徐天宏的仇人方有德以周綺的孩子要脅，為了不傷及無辜的新生命，他們放棄了玉石俱焚的作法，結果功敗垂成。一群人隱入回疆，反清復明的志業不再。

書劍之後餘音裊裊

《書劍》的結局並未明確交待香香公主死後霍青桐是否和陳家洛共結連理。金迷及研究者多以陳家洛在玉峰石室內對雙姝的感情自剖，據之認為陳、霍二人結合無望。理由之一，陳家洛對喀絲麗的愛要比對霍青桐來得濃烈；理由之二，陳家洛的大男人沙文主義和怯懦的性格使他不願接受精明能幹的霍青桐作他的終身伴侶。關於這兩點，事實上並不構成他二人最後結合的障礙，其中奧妙在本書〈感情篇〉中將有詳情說明。

紅花會群雄在中原的反清復明大業失敗以後，衆人隱入回疆。群雄並非不知他二人自始以來的淵源，定會極力說服他二人早日成親。依照陳家洛的個性，在衆人的祝福聲中和霍青桐完成終身大事的可能性極高。這過程就和當年他不願出任紅花會總舵主一職，尚且可以在群雄搬出于萬亭遺命下首肯，而不願違逆江湖前輩的情況有些類似。所不同者，面對的既是使他一度臉紅心跳的紅顏知己，那恐將又是一次「感激不盡」的喜劇了。

到了《飛狐外傳》福康安召開掌門大會時，距離雍和宮那場功虧一簣的戰役已經匆匆十年過去。群雄特地自回疆來到北京，爲的是一祭墓木已拱的喀絲麗，書上雖不像描述李沅芷是余魚同夫人般正面提及霍青桐是否已爲陳家洛之妻，但他二人的名字卻一直並列。況且以霍青桐的個性，當年陳家洛和喀絲麗出雙入對都可以主動離開以免尷尬，如果今天不是和陳家洛名分已定，她也不會和這些人在一起，而是和族人同來悼祭亡妹，甚至乾脆獨自一人前來，或者更符合她獨立倔強的性格。可見，霍青桐的後半生終究是和陳家洛以及紅花會的朋友為伍，只是歷史證明反清復明畢竟沒有成功，陳家洛和霍青桐的事蹟難以隨著正史流傳千古，人們只能從金庸小說裡去揣摩其間的堂奧了。

霍青桐的人生哲學

性情篇

列位金庸武俠系列的第一位女主角，霍青桐在表相上擁有許多世間男女的優點：她出身貴族，面貌姣好，身材婀娜，聰慧過人，武功雖非能擠身高手之林，但在同儕中已屬其中佼佼者。令人稱羡的程度，只有陳家洛能與之比擬。至於她的內在性格，概略來說，不妨說她是一個正面人物，所作所爲也都十分光明磊落。可是，這並不就意味她必須是一個毫無缺點的完人，也並不代表她所做的每一件事、說的每一句話都要盡符他人的期待。

做爲芸芸衆生中的一分子，霍青桐和普天下所有人一樣，有血有肉、有優點、有缺點。她時而可以是個叱吒疆場的女中豪傑，時而可以是一個柔情萬千的紅塵少女。本來，人性中就潛藏許多面向，很多看似矛盾的性格，卻偏偏可以巧妙地組合在同一個人身上。鐵漢可以柔情，忠臣卻不一定是孝子。所有的優點不必然有同質性，所有的缺點亦不可全能用等號來銜接。相對許多大衆小說過度簡單地化約了人性，金庸筆下男男女女呈現的多元化相貌，正是他刻畫人物的成功之處。

理字爲先，得理不饒人

霍青桐在許多事情上來說，不但「嚴以律己」，同時也「嚴以待人」。她要求自己不要對不起別人，可是，她也容不得別人來惹她，而且這種嚴格的要求，不論在面對平輩、長輩，或幼輩的時候，幾乎沒有例外，只是在表現方式上有些區別而已。

向來成事不足、敗事有餘的李沅芷，因師父陸菲青前一天誇讚了霍青桐的武藝，第二天便在回人奪回經書的緊要關頭，不分青紅皀白橫加阻撓。惹得霍青桐晚上追到客棧，想找她討回一個公道。兩人大打出手後，李沅芷打不過，又把師父引出來。陸菲青因爲從霍青桐的武功招數上認出她是雙鵰的傳人，加上這椿烏龍事件原本是自己徒兒不對，所以從頭到尾都是旨在制住對方，不在傷人。可是李沅芷這個調皮搗蛋的女孩子，卻存心要氣霍青桐。明明不意攻擊，卻是東摸一把，西勾一腿，還直搗胸前重地。氣得把男女之防看得甚嚴的霍青桐幾乎搏命相拼，殺出同歸於盡的招數。陸菲青看出苗頭不對，不得不制住霍青桐的攻勢後，要李沅芷正式道歉。李沅芷脫去帽子，露出一頭秀髮……

霍青桐在月下見李沅芷露出真面目，不由得驚呆了，憤羞立消，但餘怒未息，一時沉吟不語。

陸菲青道：「這是我女弟子，一向淘氣頑皮，我也管她不了。適才之事，我也很有不是，請別見怪。」說罷也是一揖。霍青桐側過身子，不接受他這禮，一聲不響，胸口不斷起伏。陸菲青道：「天山雙鷹是你什麼人？」霍青桐秀眉一揚，嘴唇動了動，但忍住不說。陸菲青又道：「我跟天山雙鷹禿鷲陳兄、雪鵰陳夫人全有交情。咱們可不是外人。」霍青桐道：「雪鵰是我師父。我去告訴師父師公，說你長輩欺侮小輩，指使徒弟來打人家，連自己也動了手。」她恨恨的瞪了二人一眼，回身就走。

陸菲青待她走了數步，大聲叫道：「喂，你去告訴師父，說誰欺侮了你呀？」霍青桐一想，人家姓名都不知道，將來如何算帳，停了步，問道：「那麼你是誰？」

陸菲青捋了一下鬍鬚，笑道：「兩個都是小孩脾氣。算了，算了，這是我徒弟李沅芷，你去告訴你師父師公，我『綿裡針』……」他驟然住口，心想李沅芷一直沒知道他真姓名，「……就說武當派『綿裡針』姓陸的，恭喜他們二位收了個好徒弟。」霍青桐道：「還說好徒弟哩，給人家這樣欺侮，丟師父師公的臉。」

對初識的前輩如此，對自己的父親和幼輩之人也不例外。木卓倫和心硯前後懷疑霍青桐嫉妒自己妹子和陳家洛要好，誤會她不出兵相救。木卓倫沒弄清她的計策時，帶著人馬去救喀絲麗和紅花會群雄。會合後，徐天宏上馬觀看形勢，見東首塵頭大起，事後證明她的確用心良苦，當父親的木卓倫終於知道自己不好，當時的情況是：

木卓倫狂喜之下大笑大叫，忽然住口不叫，對霍青桐道：「青兒，我剛才說錯了話，你別見怪。實在是我性子太急，是爹爹不好。」霍青桐咬住嘴唇不語。

隨著木卓倫的認錯，心硯也請求她原諒，道歉到一半，霍青桐一股氣還沒消，把他弄得欲哭無淚。

心硯跪倒在地，向她磕了兩個頭，道：「小的該死，不知姑娘另有神機妙算，衝撞了姑娘。你大人不記小人過……。」話未說完，霍青桐一提韁繩，縱馬下了沙丘，把他僵在當地。

最後還是章進打了個哈哈，說：「算啦！待會兒請總舵主給你說個情吧！」暫時化解了這場尷尬。

從這三個例子來看，陸菲青受到的待遇還算是最好的。這一方面固然因爲陸菲青是主動先向霍青桐道歉，二方面也實在得力於這位飽學宿儒當時的處理態度和說話的語氣。所以霍青桐氣歸氣，嘴巴上也還暫不饒人，但已經隱約可見要給雙方台階下的態勢。眞虧得陸菲青是成名已久的江湖前輩，不予計較，又因是故人之徒，於是不但沒有苛責，反而好心提醒，否則如果遇上有心作對的人，以上司或長輩的身分、地位，利用權威的極致，不管合不合理，都可以將之斥責得下不了台，體無完膚。

對自己的父親，霍青桐幾乎不理會「君君、臣臣、父父、子子」那一套儒家的層級觀念，只覺得生育自己的父親不僅偏袒自己的親妹妹，居然還如此不瞭解這個被他養大的女兒，多年來出生入死的功勞、苦勞也一起被抹煞，其間的悲憤不免又加重了一層。

再說心硯的例子吧！雖說因有香香公主這個因素的介入而使霍青桐暫時和陳家洛不能成爲是一對戀人，但任誰也看得出他二人眉目傳情的好感，霍青桐也就是主子的情人，否則章進也不可能在這節骨眼上還把「總舵主」三個字給搬出來。而以心硯下人的身分，當然不可能和霍青桐計較。

霍青桐這般個性的養成，和她的出身背景脫不了關係。她在族裡，相當公主的角色，使得她處處受到尊重，受到榮寵。平日順遂慣了，碰到不如意便以反彈來表現她的不滿。當然，這一切都因爲武俠小說的俠義世界而得以成全。

如果換作另一個時空，讓霍青桐是在為五斗米折腰的職場上，或政治圈中翻滾，這樣的性格鐵定要碰得鼻青臉腫，不死也傷。最不值得的是，還可能被成事不足、敗事有餘的小人暗地裡捅上一刀。

比起金庸小說其他厲害女子，霍青桐的頂撞最起碼是講理的。且再看黃蓉這位也曾和長輩過不去的驕驕女吧！她不過因為在島上遊玩，和被父親囚禁在山洞的周伯通說起話，給黃藥師知道了，狠狠責備了一頓，便乘了小船逃出桃花島，這就引得她心中氣苦，自憐無人愛惜，還刻意扮成一個貧苦少年，四處浪蕩，跟父親過不去。其後江南六怪因張阿生的死和梅超風夫婦有關，黃蓉再怎麼說又是梅超風師父黃藥師的女兒，因此不願意郭靖和黃蓉繼續來往，黃蓉居然指著韓寶駒罵道：「你這難看的矮胖子，幹嘛罵我是小妖女？」又指著朱聰道：「還有你這骯髒邋遢的鬼秀才，幹嘛罵我爹爹，說他是殺人不眨眼的大魔頭？」

霍青桐除了《三國演義》，恐怕不像黃蓉讀過《四書》、《五經》，可是她對陸菲青不過有點使性子的味道，可不至於口出穢言，也不會不禮貌到說前輩是

「難看的矮胖子」或是「骯髒邋遢的鬼秀才」，吳靄儀女士在《金庸小說的女子》一書中提到：「金庸小說多妖女，黃蓉一露面便讓郭靖的師父罵稱『小妖女』；殷素素是『妖女』、任盈盈是『魔教妖女』，何鐵手、藍鳳凰之流自然更是妖女，連蒙古郡主趙敏，也被人叫做『小妖女』。」在一干妖女圈中眞是「小巫見大巫」了。

情字當頭，寧願受委屈

如此看來，似乎霍青桐凡事都以「理」字爲出發點，在事情上不爭個明白是絕不願吃虧。可是另一方面，她又是個如此重感情的人，以致當委屈和她所愛的人有牽扯的時候，她就選擇把委屈留給自己，把快樂送給別人了。就陳家洛和喀絲麗這件事情來說，她屢遭誤會，不但在品德上是污辱，對她的情感也是一種傷害。她對陳家洛或許有怨，怨的是他在感情上不夠勇往直前，但是絕對沒有恨。當看見陳家洛成爲妹子俍郎大會上挑上的人選後，雖然忍住自己的淚水，可是不一會兒就帶著祝福，希望上天好好眷顧她的妹妹。值得注意的是，她這個退讓，並不單是以為陳家洛找到了美麗的喀絲麗，反而是認為天真的喀絲麗應該有一個溫文儒雅的陳家洛來照顧。

金庸小說裡一男配二女甚或多女的情況時常出現，痴情女面對情敵，含淚退出者有之，不計一切爭取者有之。袁承志和幼時玩伴安小慧相認，憶起小碗小鍋煮飯吃的兒時記趣，溫青青不悅之情躍然臉上，悻悻的道：「你們說你們的……青梅竹馬吧，我可要進去啦。」袁承志救了阿九回宅中養傷避敵，溫青青負氣出走，還留了張紙條說：「既有金枝玉葉，何必要我尋常百姓。」自憐自傷，全然抹殺袁承志對她的一片眞情，是人在福中不知福的代表作。

《神鵰俠侶》中除了李莫愁為了陸展元由情痴變魔頭，其他為愛走天涯的笨女人何其多。楊過這位英俊瀟灑的浪子惹得所有妙齡少女為她憔悴，公孫綠萼為了他犧牲父女之情和寶貴性命，程英繼表妹陸無雙之後愛上楊過，楊過在小龍女跳崖之後，因需要斷腸草治療情花之毒，與程英、陸無雙暫於崖邊隔鄰而居，楊過為避嫌，提議三人兄妹相稱，程英固然傷感，卻始終沒有怨言，倒是成了黃藥師的門弟子，伴著黃藥師一直悉心服侍。即使是楊過心中唯一摯愛的小龍女，也在誤聽楊過爲解決大、小武因郭芙生鬩牆之爭而假言郭靖已將郭芙許配他時，飄然遠去。

溫和恬淡的代表性人物則有程靈素和任盈盈。程靈素對胡斐一往情深，但她知道胡斐心中愛的是袁紫衣，最後以自己一死換回胡斐一條命，這等手法，則是她師父生前未曾料想得到的。另一默默付出的是《笑傲江湖》裡的任盈盈。令狐沖念念不忘岳靈珊，任盈盈對令狐沖執著小師妹岳靈珊的感情「好生敬重」，可是眞正令人「好生敬重」的卻是這位魔教聖姑。任盈盈的豁達大度有目共睹，但是未來的夫婿心中始終放不下前任情人，這種包容的感情也愛得彆扭。

霍青桐在感情上的境遇比較像程靈素和任盈盈。只不過程靈素是小家碧玉，或者小家碧玉都談不上的小村姑。任盈盈也是大小姐出身，但向來以柔克剛。二人都在幫心上人完成任務。霍青桐表面上和陳家洛在抵禦清兵上站同一陣線，實際上則與陳家洛的立場無什麼關聯，國仇家恨使她無暇去思及其他，愛恨榮辱也不在她考慮之列。所能做的，所想做的，就是把族裡的任務完成，不論是奪回《可蘭經》，還是發兵去救妹妹，一切都是「國事爲重」。比起陳家洛，她的「匈奴未滅，何以為家」的先後次第更加明確。至於別人對她如何誤會，她心裡難過歸難過，但一個是她意中人兼救命恩人，一個是她疼愛有加的親妹妹，她只有退一步，把濃情蜜意藏在心裡。

為情受委曲的例子，第一個表現就是陳家洛出爾反爾，為了男裝的李沅芷而不讓她們一起去救文泰來的那樁不明所以的誤會。如果按照她對待陸菲青和李沅芷得理不饒人的規則，那麼她的反應應該和周綺一樣，有話直說，把陳家洛的矛盾直指出來，慷慨激昂地陳述紅花會相助奪經是對他全族是多麼意義重大，自此之後他這兩個陣營是該如何同舟共濟，讓面如冠玉的陳家洛難堪一下。可是很顯然的，霍青桐的態度和先前有了一百八十度的轉變。簡單來說，「心裡有鬼」而已矣！幸好這有鬼也還不是什麼壞事兒，就只是情魔作祟，讓這在沙場上叱吒風雲的巾幗女子也變得猶豫起來，而這行動上的猶豫，卻不是她心裡糊塗，而是頭腦太清楚，她知道其間的問題出在哪裡，也把尋找答案的鑰匙給了陳家洛。只不論將來結果如何，她在這個節骨眼上是選擇了暫時吃虧，也就是把台階送給別人，而把痛苦留給自己。

類似的情況在偎郎大會後又一再重演。木卓倫、心硯、徐天宏等人因見識不足，一時對她的用兵之法難以理解，不但不察覺自身的學養不足，竟懷疑她來。霍青桐在此受到懷疑的至少有三點：第一是她的計策，雖說是因這些人謀略不如她多，但無論如何一開始幾乎所有的人都不相信她的方法可以救出他們，也就是說，他們都不認爲霍青桐的計策是對的；第二，是對她感情的懷疑，其中包括對陳家洛和喀絲麗。除了周綺，幾乎所有人都認爲她會是個由愛生恨的毒心婦人，他們以爲霍青桐對陳家洛的愛已成過去，成爲情敵之後的妹妹也將成爲犧牲品，殊不知霍青桐心如光風霽月，實不容外人質疑；第三，是對她人格的懷疑，霍青桐雖然事後最終證明孰是孰非，徐天宏來個事後諸葛，突然想起霍青桐問心硯鐵甲軍和清軍多寡的用意，是怕一旦鐵甲軍衝鋒，或就算沒鐵甲軍，周圍那幾千人一起衝鋒，憑他們區區八、九個人，數千人馬也不用動手，只需排了隊擠將過來，他們也給踏成了肉泥。就如他自己說的，疑心霍青桐，眞是以小人之心度人了。昏了頭的陳家洛也忽時恍然大悟，說她一定另有法子。但之前憨直的周綺，這些平時闖蕩綠林的好漢再無一人說句公道話。值此遭遇的霍青桐，除了默默忍受這莫須有的誤會，淚水就只能往自己肚裡吞，她不是沒膽子和他們唇槍舌劍，只是看在陳家洛和妹妹的份上，流言自流言，她既無法干涉別人腦袋怎麼想，只好承受這一切苦楚了。

依據霍青桐的個性，她絕不是個習於忍氣吞聲的人，對父親、對長輩，如果錯在對方，她都可以不吐不快，也無所顧忌對自己的人事關係是否有負面影響，對一個平輩的陳家洛和比她小的妹妹，她又有什麼可以退讓呢？所能解釋的，只能說，霍青桐雖是個倔強萬分的姑娘，平時也是有理走遍天下，但要碰上她所關心、所愛的人，她心就軟了，也不想計較誰是先來後到，誰是否對她產生誤會。只要順著這些人的意，其他一切都無關緊要了。

閨秀風範，著眼在大處

霍青桐的倔強只是一個粗略印象。她不但不是倔得死纏濫打，而且絕對倔得有理。李沅芷莫名其妙壞了她搶奪經書那天晚上，她到客棧找李沅芷理論，一陣交手之後……

李沅芷明知劍法上鬥不過她，心中已有了主意，邊打邊退，看準了地位，一直退到陸菲青所住店房之後，突然叫道：「師父，師父，人家要殺我呀！」霍青桐「嗤」的一笑，道：「哼，沒用的東西，才犯不著殺你呢！我是來教訓教訓你，沒本事就少管閒事。」說完掉頭就走。

霍青桐那「嗤」的一笑，端的是千嬌百媚，十分傳神。當她發現「這小子」不是自己對手，那麼就犯不著和「他」計較了，否則，若是硬要一較長短，豈不自貶身價！

既然知道李沅芷「這小子」是個無聊的傢伙，不去理他也就是了，省得浪費時間。可這還算小事，好強如霍青桐，被捉弄了一番，輸在對方師父劍下，但口頭上就是不服氣，直到陸菲青點出她當務之急所在，她卻聳然心驚，立刻知道何者爲先，何者是不應計較的枝微末節。

陸菲青道：「你劍法早勝過了我徒兒。再說，比劍比不過不算丟臉，聖經搶不回來才叫丟臉呢。一個人的勝負榮辱打什麼緊？全族給人家欺侮，那才須得拚命。」

霍青桐一驚，覺得這確是至理名言，驕氣全消，回過身來向陸菲青盈盈施禮，道：「小侄女不懂事，請老前輩指教如何奪回聖經。老前輩若肯援手，侄女全族永感大德。」說罷就要下跪，陸菲青忙扶住了。

霍青桐從一開始背轉了身子，不願以晚輩之禮拜見，到欣然下跪感謝陸菲青的提醒，前後不到一刻鐘的時間。從「嗤」的一笑，到欲下跪，其間的轉折，卻清楚看出霍青桐大是大非的個性。換了任何人在李沅芷的位置，起初不免對這厲害角色心裡一陣嘀咕，縱使明知自己挑釁在先，一旦這位大小姐找上門來挑毛病，恐怕還得自認倒楣，至少自認開玩笑開錯了對象。可是任誰也沒想到事情的急轉直下竟那麼簡單，自己不過稍微示弱，人家就盡釋前嫌，不再追究孰是孰非。李沅芷也是個將門出身的千金小姐，這一笑泯恩仇，她二人索性結成了好友，若是發生在一個窮苦丫頭身上，那窮丫頭大概此生甘願做牛做馬，一輩子做大小姐的奴隸了。

這種不計前嫌，不為小事所役的個性，頗適合霍青桐在部族裡位居領導的身分，對她指揮部屬，馳騁沙場也有著絕對相乘的助益。欲成就事業者心不能太軟，否則易於為人利用或陷害。但所謂成大事者不拘小節，如果氣量狹小，事事計較，不能事過境遷，那一輩子恐怕都成不了氣候了。

端莊內斂，承受在心坎

在許多人的印象中，霍青桐的個性脫離不了一個「倔」字，但她的「倔」並不濫用。深入來看，她在大多數時候都是謹守禮法、進退有度的。就禮法的部分來說，金庸常常把超出漢人傳統常軌的言行舉止歸因為「胡漢之別」。如《倚天屠龍記》裡的趙敏，因張無忌一時大意受到波斯三使暗算後，她心裡懷著對殷離的醋意，使出「玉碎崑岡」、「人鬼同途」、「天地同壽」這些不要命的招式。之後，當著大夥兒的面哭哭啼啼地道：「誰叫他這般情致纏綿的……抱著……抱著殷姑娘。我是不想活了！」對此，金庸在書上隨之的解釋是：「趙敏是蒙古女子，要愛便愛，要恨便恨，並不忸怩作態，本和中土深受禮教陶冶的女子大異。」

另一個和中土禮教大異的例子是在《天龍八部》的大理國。刀白鳳爲了報復段正淳情人太多，傷心之餘委身滿是血污的段延慶，生下段譽。臨死前因知兒子鍾愛王語嫣，終於道出這個秘密，她跟段譽輕聲道：「我這個人和你爹爹雖是同姓同輩，卻算不得是什麼兄弟。你爹爹的那些女兒，什麼王姑娘哪、王姑娘哪、鍾姑娘哪，你愛哪一個便可娶哪個……他們大宋或許不行，什麼同姓不婚。咱們大理可不管這一套，只要不是親兄妹就是了。……」刀白鳳的行徑和她本身個性有關，段譽可以娶王姑娘的規矩則和大理國的風俗民情有關。刀白鳳以王妃之尊和乞丐發生關係，本已是於理於法都難容的通姦行爲，偏偏這個乞丐又是自己結髮夫婿的堂兄弟，亂倫之罪，罪加一等。不管怎麼說，這位擺夷女手可不因爲王妃之尊就忍氣吞聲，不但做了件於情、理、法都不容的報復行爲，還躲到道觀出家，教段正淳面子掛不住，讓所有親人、家臣都爲她擔憂。

說這些奇奇怪怪的行徑來自中原文化不及澤被的「化外之境」未免有失公

允，也對少數民族不敬。金庸小說的第一聰明女子的黃蓉，便是個飽讀詩書，卻未受孔孟之道教化的漢人。她刁鑽古怪，驚世駭俗，這回金庸的說辭是她受了父親黃藥師影響，行事深具東晉遺風，雖重大節所在，卻不拘禮法。東邪黃藥師韜略、武略、五行、藝術樣樣精通，看郭靖這個呆頭呆腦的傻小子十分不順眼，也不太願意答應女兒和他的婚事。其間卻因靈智上人假造黃蓉葬身魚腹的消息，對女兒不能和心之所愛結合十分遺憾。不料後來在牛家村驀然重見愛女，大喜之下，便允了女兒和郭靖的婚事。無奈好事多磨，在這當口華箏又突然出現，重視承諾的郭靖為了先前的盟約，當眾表明仍願與華箏履行他們的婚約。黃蓉向父親道：「爹，他要娶別人，那我也嫁別人。他心中只有我一個，那我心中也只有他一個。」黃藥師道：「哈，桃花島的女兒不能吃虧，那倒也不錯。要是你嫁的人不許你跟他好呢？」黃蓉道：「哼，誰敢攔我？我是你的女兒啊。」黃藥師道：「傻丫頭，爹過不了幾年就要死啦。」黃蓉道：「爹，他這樣待我，難道我能活得久嗎？」黃藥師道：「那你還跟這無情無義的小子在一起？」黃蓉道：「我跟他多耽一天，便多一天歡喜。」父女倆這樣一問一答，江南六怪雖然生性怪僻，卻也不由聽得呆了。宋朝是十分講究禮教的一個朝代，黃藥師則是將之棄如敝屣的，他非湯武而薄周孔，行事偏要和世俗相反，才被世人送了個稱號叫作「東邪」。黃蓉自幼受父親薰陶，心想夫婦自夫婦，情愛自情愛，小小腦筋之中，也沒什麼貞操節烈的念頭。

霍青桐沒有因為她出生在回疆而有任何可以不拘禮法的豁免，從頭到尾，她沒有一刻為自己著想過，做對了事情，她從來不居功。陳家洛幫她奪回《可蘭經》，其實真正出力的人還是她自己，可是她把功勞給了紅花會，想謝謝紅花會的幫助，以她計畫奪取《可蘭經》和指揮戰役的地位，根本不需要再叫木卓倫轉述，而可以直接和紅花會的頭頭們對話，可是她還是採取了較為含蓄的方式，讓木卓倫這個名義上的族長去完成外交工作，自己則退居謀士的地位。好在此時她大約也窺見中原豪傑的爽朗和陳家洛對她的情義，給足了雙方面子，事情反正是水到渠成。

冷靜沉著，臨危而不亂

霍青桐的沉著應變，在黑水河一役中已著墨甚多。可是要養成她臨大事亦能雍容如常，如果沒有靠平時的工夫長期累積是無法辦到的。

霍青桐問心硯道：「圍著你們的清兵有多少人？」心硯道：「總有四、五千人。」霍青桐咬著嘴唇，在帳裡走來走去，沉吟不語。不一刻，篷帳外號角吹起，人奔馬嘶，刀槍鏗鏘，隊伍已集。木卓倫正要出帳領隊前去救人，霍青桐牙齒一咬，說道：「爹，不能去救。」

本來關心則亂，霍青桐聽到這個消息，想到自己的親妹妹和意中人身陷危難，亂了陣腳的可能性相當大。像木卓倫就是在這種心情下拿不出對策，而且還大大誤會了另一個女兒霍青桐。可是霍青桐豈是能以等閒之度量的泛泛之輩？她不是不關心，可卻能在這當口想出一個萬全之計，在最短的時間內用最好的方法去營救她的親人好友。她的智計表現在各大小事上，面對大軍壓境，她面不改色；和情人、妹妹身陷險境，生死瞬息之間她也能靜心以對。

陳家洛回文雖識得一些，苦不甚精，紙上寫的又是古時文字，全然不明其義，於是把紙攤在霍青桐前面。霍青桐一面看一面想，看了半天，把紙一摺，放在懷裡。陳家洛道：「那些字說些什麼？」霍青桐不答，低頭凝思。香香公主知道姊姊的脾氣，笑道：「姊姊在想一個難題，別打擾她。」

霍青桐用手指在沙上東畫西畫，畫了一個圖形，抹去了又畫一個，後來坐下來抱膝苦苦思索。陳家洛道：「你身子還弱，別多用心思。紙上的事一時想不通，慢慢再想，倒是籌劃脫身之策要緊。」霍青桐道：「我想的就是既要避開惡狼，又要避開這些人狼。」……

佛家修行有定、靜、慧之次第。說是修行之人想要得智慧，首先必須定下心來，待思慮澄清之後才可以漸漸得出智慧，所謂由定生靜，由靜生慧是也。儒家也有「定、靜、安、慮、得」的類似說法。可見一個人要有智慧不是件容易的事，而是要循序漸進，經過長時間的培養才能得到。臨時抱佛腳的工夫絕對無法在大難臨頭時發揮作用，不夠冷靜的人，其僅有的知識也將一夕破功，無法發揮。

霍青桐的不讓鬚眉之處，絕不僅只於帶兵打仗，那種衝鋒陷陣的血氣之勇不會是她特出於男人之處，臨危不亂的鎮定才是不可多得的將才性格。這一點，全《書劍》之中只有陳家洛差可與之比擬。陳家洛爲喀絲麗摘取雪蓮憑的是一時血氣，不過他帶著喀絲麗衝出張召重的重圍就不能說是被香味薰昏了頭，而必須有些審時度勢的功力了。後來他三人在玉室中，陳家洛聽了瑪咪兒的故事後，聳然一驚，身上冷汗直冒，心想自己比起這位古代的異族姑娘來，不啻可恥之極。他身繫漢家光復大業的成敗，心中所想的卻只是一己的情欲愛戀。不去籌劃如何驅逐胡虜，還我河山，卻在爲愛姊姊還是愛妹妹而糾纏不清……想起紅花會數萬弟兄，和全天下在韃子鐵蹄下受苦受難的父老姊妹，越想越是難受，額頭汗水涔涔而下。定下心來後，心中不再受愛欲羈絆，頭腦立即清醒，推測山中如有通道，必在那玉室之中。循此最後才逃脫困境，也才能在外敵仍有威脅之下練成「庖丁解牛掌」。陳家洛這一段轉折，亦是躁不足以成事，定則凡事易工的明證。

天眞猶在，閱歷尚不足

霍青桐的優點說不完，但終究還是有她不足的地方。她在書中出現最大的一道破綻，就是她和閻世章搶奪《可蘭經》，差點喪命於飛錐的那一次。

再折二十餘招，霍青桐雙頰微紅，額上滲出細細汗珠，但神定氣足，腳步身法絲毫不亂，驀地裡劍法一變，天山派絕技「海市蜃樓」自劍尖湧出，劍招虛虛實實，似真實幻，似幻實真。群雄屏聲凝氣，都看出了神。輪光劍影中白刃閃動，閻世章右腕中劍，一聲驚叫，右輪飛上半空，眾人不約而同，齊聲喝彩。閻世章縱身飛出丈餘，說道：「我認輸了，經書給你！」反手去解背上紅布包袱。霍青桐歡容滿臉，搶上幾步，還劍入鞘，雙手去接這部他們族人奉為聖物的《可蘭經》。閻世章臉色一沉，喝道：「拿去！」右手一揚，突然三把飛錐向她當胸疾飛而來。這一下變起倉促，霍青桐難以避讓，仰面一個「鐵板橋」，全身筆直向後彎倒，三把飛錐堪堪在她臉上掠過。閻世章一不做，二不休，三把飛錐剛脫手，緊接著又是三把連珠擲出，這時霍青桐雙眼向天，不見大難已然臨身。旁視眾人盡皆驚怒，齊齊搶出。

這次死裡逃生，可說是霍青桐閱歷不足所致。人生有時想來眞可悲，未經社會歷練的黃髮稚子，是那麼天眞可愛，在他們的世界裡，還不知道什麼叫做欺騙、虛僞、狡詐。可是隨著年齡的增長，卻有許多時候必須靠其他手段才能在人生的競爭過程裡獲得勝利。在反覆嘗試類似的經歷之後，就有不少人開始去做一些損人利己，甚或損人不利己的事，於是，也漸漸地失去了赤子之心，著實令人感慨。

此時的霍青桐，毋寧是仍對人性有著基本信任的。其實何止霍青桐，其他如香香公主、陳家洛，在對人性尚未完全失望時莫不是基於人性本善的假設，認爲別人是好人。如香香公主初見陳家洛，根本搞不清楚對方的來頭，但仍相信陳家洛的確是爲報信而來，也才帶他回到族裡。而這個向來被視爲天眞得有點過分的小仙女，則在入宮不久後受到了宮廷陰狠文化的洗禮，對人性也開始不信任起來，不論乾隆如何討好她，在她心中已成了一個十惡不赦的壞人，於是她用針線把衣衫密密縫住，還在懷中藏著利刃，以防萬一遭遇橫暴時，一死以明志。

天眞不是壞事，只是常誤事。霍青桐和香香公主分別經歷了生死大事，喀絲麗死後，霍青桐來到禮拜堂，見到陳家洛，陳家洛告知她喀絲麗犧牲了性命，用鮮血寫成的警示。霍青桐得知前因後果又是傷心，又是憤恨，怒對陳家洛道：「你怎地如此糊塗，竟會去相信皇帝？」陳家洛則回說，因想乾隆是漢人，又是他親哥哥，所以如此。

霍青桐一年多前還涉世未深，才差點死於非命，之後又由於自己的妹妹犧牲生命，她才從教訓中學得人世間有許多防不勝防的地方。反過來，陳家洛當日在霍青桐遇險時因處於旁觀者的位置，雖然出手救了人，卻未在其中學得一課。又因生命中向來順順利利，紅花會的人不但肝膽相照，對他亦禮敬有加，便少於設這人性之防，而深受中國傳統禮教影響如他，當然也相信兄弟之間血濃於水的手足之情出自天性。

不過，從霍青桐那句「你怎地如此糊塗，竟會去相信皇帝？」又予人許多討論空間。皇帝，是一國之尊，也是最高政治權力中樞，雖然中國古代皇位的法定來源是世襲，按理說從出生到死亡都享有人間最高的富貴和權力。可是面對內外詭譎的形勢，和若干在下虎視眈眈的大臣，做皇帝的也不得不時時使出所謂的政治手腕，或拉攏某些人，或打擊某些陣營，以更鞏固自己獨一無二的地位。古今中外的政治圈，一直給人卑鄙齷齪的觀感，金庸影射人們為爭權而喪盡人性的代表作是《笑傲江湖》，另一較鮮為人討論，但亦令正派中人貪婪心態裸露無遺的則是人人爭奪屠龍寶刀的《倚天屠龍記》。

和趙敏、周芷若相比，霍青桐不能算是個有政治頭腦的女子，她有的，只是憑著一己的良知和智慧去執行合於天道的事，她個性裡原有的天眞，毋寧是一種缺陷美。

倔強老二，衝鋒不讓人

數百年來，千百個例子，說不完的個案，歸納出「排行」對人類命運的確有不可忽視的影響。當然，從心理學的角度來看，尚不至於認爲這是唯一的決定因素。畢竟社會政經大環境、先天基因的個性遺傳、和師長友人的互動，甚至父母親自己的排行和對子女的態度，以及關係中不同排行的組合，都會在一個人成長的過程中影響他命運的走向。不過，心理學家也指出，這些針對不同出生排行的描述，也可以說明這種排行的人可能會有什麼傾向，只是不一定必須怎樣而已。

心理學大師佛洛伊德，一向最得母親疼愛的，他是典型的獨生子，對自己的社會地位非常敏感，他重視權威，喜歡指揮同儕。在佛洛伊德眼中，人性之源本惡，永遠需要更高的權威（超我）來管制。法國文學家伏爾泰排行老么，他偏好激進的觀念，一生都在被放逐或被通緝的狀況中度過。義大利的米開朗基羅在五個兄弟中排行老二，在他哥哥決定繼承父業，進入教會任職後，他決定要在他的領域中，成為最傑出的人，他最後選擇了藝術，成為文藝復興時期最偉大的藝術家之一。

米開朗基羅的典形只是其中一端。把鏡頭拉到東方，中國也有家族排行影響個人命運，甚至國家運作的例子。決定二十世紀中國命運的宋氏家族中，也可以看出排行對宋氏三姊妹不同個性的影響。一九〇七年宋慶齡帶著么妹美齡，到舊金山去念大學預備學校時，早熟的宋慶齡非常沈靜嚴肅，其實這時她才十五歲。但相對於才小她幾歲的妹妹和其他小孩來說，卻顯得十分老成。由於她的年紀與個性使然，不太喜歡妹妹們太孩子氣的遊戲，和其他朋友也不常玩在一塊兒。到了一九一二年，宋美齡便進了著名的衛斯理女子學院，而此時的二姐宋慶齡，已經把心力用在另一方面，開始質疑從事買賣的父親對中國命運的影響。這在講究禮教的中國家庭，毋寧是一件十分叛逆的事情。她思考著發生在中國的每一件事是否左右著國家未來的命運，也衡量著她父親和孫文先生所執著的革命應該要何去何從。宋慶齡沉思著他人意想不到的深遠，在在道出她不尋常的思維。

從宋慶齡看霍青桐，似乎再次驗證了「倔強老二」的有跡可循。霍阿伊不算墨守成規，卻明顯不是個開疆拓土的大英雄；喀絲麗終日無所事事，註定只是個粉雕玉琢的瓷娃娃。霍青桐的生命力何其豐富，而排行在她生命中產生的影響，是十分微妙，又無法言喻的因素。如果她上無兄長，兵圍黑水的時候雖明知木卓倫之言不可行，還是可能屈服在父親的權威之下，不敢違拗；如果她稚幼如喀絲麗，不會被送到天山去，在關明梅手下練出攻勢凌厲的「三分劍法」。她重新思考什麼才是她的需要，她不但要定位自己的現在，還要創造更寬廣的未來。

霍青桐的人生哲學

感情篇

金庸的武俠世界風靡全球華人讀者，除了小說基本的情節和人物塑造引人入勝，金庸小說裡的詩詞歌賦、歷史地理、武術醫理、佛道儒學，在在都成爲金學研究的主題。可要說到引人入勝，叫人終日爲之沈醉的，還是非愛情這道習題莫屬。金迷們大多對查先生推崇備至，即使書中偶有前後矛盾的情節，也多半以提醒再版修改的建議代替漫罵式的抨擊。但是到了愛情這一主題上，因常常有三角以上組合出現，以致金迷們各擁一方，形成如《紅樓夢》讀者的寶派、黛派般各爲其主。

英雄配美人的畫面本是無可厚非，只不過男主角卻鮮少從一而終。面對美女環繞，要求武藝高超的英雄坐懷不亂似乎有點困難，可要讓窈窕淑女爭風吃醋，確實也難爲閨秀風範。《射鵰英雄傳》憨憨傻傻的郭靖有成吉思汗的千金華箏公主和東邪掌上明珠黃蓉同時厚愛，《神鵰俠侶》帶著父親幾分風流輕佻遺傳的楊過除了廝守一生的姑姑小龍女，還令程英、陸無雙姊妹終身不嫁，絕情谷的公孫綠萼義無反顧殉情；即使《鹿鼎記》裡不學無術的韋小寶也有大大小小七個老婆陪著他玩十八摸。《笑傲江湖》的令狐沖、《倚天屠龍記》的張無忌、《碧血劍》的袁承志、《天龍八部》的段譽，無一例外。

郎情妹意定深情

《書劍》以海寧陳閣老的三公子陳家洛領軍紅花會反清復明的背景為主軸，輔以多層次的感情糾葛，編鋪而成全書的整體結構。就男主角陳家洛來說，在他私人的感情世界裡，以和霍青桐、喀絲麗之間的三角戀情最受矚目；最感人的是他對母親陳潮生的思念之情；最令人感到矛盾的是和乾隆分屬不同族群陣營首領，卻又同時為同父同母同胞兄弟的親情。金庸當然不會放過其他幾個角色也來湊湊熱鬧。配角級的李沅芷、余魚同、駱冰與文泰來間有恩愛、有歡笑、有淚水的痴纏；而上一代，陳家洛母親和青梅竹馬鄰居于萬亭有段錐心刺骨的過去，天池怪俠袁士霄和天山雙鷹陳正德和關明梅的三角之戀，和《天龍八部》的趙錢孫、譚公、譚婆幾乎異曲同工。此外，武諸葛徐天宏與俏李逵周綺從冤家到歡喜的巧妙結合；側面提及還有無塵道長對官家小姐斷臂卻無怨無悔的相思。錯綜的主線、支線，在反清復明的歷史大纛下，引領著紅塵中無數癡情男女進入他們的世界。

以感情篇章的第一主場來說，霍青桐和陳家洛雙方之間對彼此的第一個感觀印象，一個是「丰姿如玉，目朗似星」、「神采飛揚，氣度閑雅」的翩翩佳公子，一個是「體態婀娜，嬌如春花，麗若朝霞」的妙齡俏麗人。

陳家洛見霍阿伊方面大耳，滿臉濃鬚，霍青桐卻體態婀娜，嬌如春花，麗若朝霞，先前專心觀看她劍法，此時臨近當面，不意人間竟有如此好女子，一時不由得心跳加劇。霍青桐低聲道：「若非公子仗義相救，小女子已遭暗算。大恩大德，永不敢忘。」陳家洛道：「久聞天山雙鷹兩位前輩三分劍術冠絕當時，今日得見姑娘神技，真乃名下無虛。適才在下獻醜，不蒙見怪，已是萬幸，何勞言謝？」

男女間愛情的發生，往往是一見鍾情式的。說來沒什麼道理，事實卻又如此微妙。男女間的交往，不論是自發性地談戀愛，或是經由他人的撮合而成，通常是在見面的那一瞬間便決定了日後有否繼續下去的可能。以貌取人的第一印象雖然失之主觀，可是一個郎才、一個女貌，甚至郎也有貌、女也有才的先天組合，基本上就足以構成一見鍾情的條件。第一印象的取決或許失之主觀，外貌的條件也在這個抉擇的過程中扮演了決定性的角色。過來人都曉得，「對眼」不「對眼」，雖不必然是將來夫婦能否琴瑟和鳴的關鍵，但不可否認的，它的確左右著一對男女的未來發展。否則，如果最起碼的第一道吸引都談不上，未來的發展根本就無處著力了。當然，兩人經過交往之後能否進一步論及婚嫁、共組家庭，中間還要經過層層的關卡和考驗。

話又說回來，即使原本一對互有好感的男女，若是在相當短期間內燃不起愛的火花，好感很可能就化成了友情，像這樣的例子也是屢見不鮮的。不但陳家洛和霍青桐之間跳不開一見鍾情的金科玉律，即如陳家洛日後見到喀絲麗也離不開第一眼的印象。除了陳、霍，陳家洛與喀絲麗，又如李沅芷在門縫裡偷看「魚者，混水摸魚之魚，同者，君子和而不同」的師哥一生痴戀，被愛的余魚同則在太湖總香堂第一次見到駱冰後再也無法自已，甚至徐天宏和周綺這對歡喜冤家，對彼此的感覺也都給一見鍾情的定理一再提供佐證。反觀陳家洛與周綺之間吧！雖然周仲英稍早得知這位年青有爲的陳當家尚未婚配時，曾有將女兒許配給紅花會這位陳當家之意，兩位當事人也明知道旁人有意撮合，但中間就是欠缺了那麼一點化學激素，大姑娘周綺對著駱冰的取笑，仍可大辣辣地道：「你笑什嗎，當我不知道嗎？你們想把我嫁給那個陳家洛。人家是宰相公子，我們配得上麼？你們大家把他當寶貝兒，我才不稀罕哩。……」但才和徐天宏相處了幾天，提起武諸葛時，卻總是「他」這樣「他」那樣，不叫名字，其中玄妙，不言可喻。

言歸正傳。霍青桐能夠對陳家洛另眼相看，當然不會只因爲陳家洛玉樹臨風之姿、修眉俊目之貌，或者有紅花會總舵主這稱頭的頭銜。憑良心說，觀看陳家洛在書中前後的表現，絕對不是讓他落得像《鹿鼎記》裡的鄭克塽那般一個草包的角色。其由學識氣度涵養出來的氣質，也在許多言行舉止中顯現出一流的風範。且看在西湖邊上，從乾隆手下乍見陳家洛時，雖然個個驚異於他與福康安面貌的相似，可是等到兩人面對面對比之時，二人的差異立刻便顯了出來。福康安比之於陳家洛這位叔叔，就顯得「秀美尤有過之，只是英爽之氣遠為不及」。紅花會十二堂堂主千里接龍頭，陳家洛答應接任總舵主之後處理的第一件事，是到鐵膽莊去要文泰來。本來一夥人懷疑這樣一個富貴人家公子哥兒，能否擔得下領導群豪的重責大任，沒想到到了鐵膽莊見到周仲英，陳家洛面對文泰來在鐵膽莊被張召重手下帶走的僵局，說出口的話竟是「敝會四當家奔雷手文泰來遇到魔爪子圍攻，身受重傷，避難寶莊，承周老前輩念在武林一脈，仗義援手，敝會衆兄弟全都感激不盡，兄弟這裡當面謝過。」金庸先生在書裡已經對這一番話做了詮釋，說他不但說得十分得體，禮數上不卑不亢，並且把責任一擔推給了鐵膽莊，連無塵、徐天宏、余魚同這些江湖上響噹噹的人物都十分佩服。

既然陳家洛的形象這麼好，如果陳、霍二人的相遇只是鴛鴦蝴蝶的結合，這一段戀情對於全書的推移和男女主角二人個性就感情的轉折起伏性也將大為降低，於是賦予他們二人在生命中更具意義的安排。本來紅花會一行人的任務是救出文泰來，追的是押文泰來的清軍車隊。對他們來說，霍青桐和族人來路不明，是趙半山打出暗器，傷了清廷捕快和鎮遠鏢局的鏢師，木卓倫才分出敵我。路見不平，拔刀相助，本是綠林好漢的天職，否則依陳家洛的個性也不會無端去端詳一位素昧平生的女子。

在他二人看清彼此面目之前，陳家洛不過因爲愛武的無塵道長對女娃娃的劍法頗爲賞識，隨著目光的焦點自然觀望人群中的打鬥。及至向裡看去，又因爲先前和霍青桐交過手的陸菲青提醒他黃衫女郎是天山雙鷹的弟子，陳家洛縱然知道天山雙鷹和師父天池怪俠素有嫌隙，一面卻又禁不住自己的好奇，想一睹天山派「三分劍法」的高下。這一看，直到霍青桐一時以爲閻世章敗在自己手下，歡歡喜喜要去拿回經書，不久前還不知是友是敵的回人，在群雄出手解了回人和公差鏢師之間的圍厄之後，已變得同仇敵愾。眼見黃衫女郎命在旦夕，群雄在救人性命的大前提下，自然都要搶出相救。這時近身相救已經來不及，靠的就是可以隔著距離發射暗器，只不過這次發暗器的不是趙半山，而是拿圍棋子當武器的陳家洛。這三枚白棋子出手，不但救下一個回族女子的性命，和白棋主人四目相接的那一刹那，更從此註定了這位人間奇女子的一世情緣。

可說霍青桐和陳家洛的初識就在一場驚心動魄的混戰中展開。霍青桐的命在陳家洛手底下撿回來已是不爭的事實。然則，在救命的背後還一個令霍青桐本身以及她的族人都要感激涕零的恩德，那就是他們這次出門最重要的任務也算是在以陳家洛爲首的紅花會協助完成。古人對於救命之恩，總說是要銜環結草，或者賣身爲奴、做牛做馬相報。霍青桐對眼前這位恩公的情愫油然而生，實是極其自然之事；再加上《可蘭經》奪回的關鍵意義，即連一旁的父親木卓倫老英雄和哥哥霍阿伊對陳家洛也要銘謝萬分。霍青桐和陳家洛之間那生命情感的依戀，就不只是一生一世的牽繫了。

初游情海卻生波

爲了感謝陳家洛對霍青桐的救命之恩和《可蘭經》的奪回，木卓倫在女兒霍青桐的建議下，主動提出要幫忙紅花會相救受困於清廷鷹爪之下的文泰來。此時，對霍青桐甫生好感的陳家洛樂得順水推舟「買」這個人情，滿腔的喜悅不自由地寫在臉上，所幸素來家教良好，嘴上倒還沒忘了說上一句：「眞是感激不盡。」想來這位情竇初開的公子哥兒心中恐怕已經開始想著日後得與霍青桐同進同出的旖旎風光，眼尖的人幾乎都可以察覺出平時沈穩內斂的陳總舵主當時那手舞足蹈的模樣，此情景倒是在嚴肅的救人主題上添加了些許輕鬆的調劑。

可是，這樣的好風光卻還沒開始，就幾乎半路夭折。眼看就要成就一對愛侶的情勢之所以突然生變，除了歸咎於陳家洛猶豫不決的個性之外，一般說來，應是李沅芷女扮男裝，和霍青桐太過親密那一段插曲作爲橫生波折的轉捩點。或許是爲了突顯「不經一番寒徹骨，哪得梅花撲鼻香」的可貴，於是只好安排一連串陰錯陽差，先讓女扮男裝的李沅芷適時無心來一陣攪局，於是在情感無處可以依託的情況下，暫時愛上霍青桐的妹妹——喀絲麗。

正敘話間，忽然西邊蹄聲急促，只見一人縱馬奔近，翻身下馬，竟是個美貌少年，那人向陸菲青叫了一聲「師父」。此人正是李沅芷，這時又改了男裝。她四下一望，沒見余魚同，卻見了霍青桐，跑過去親親熱熱的拉住了她手，說道：「那晚你到哪裡去了？我可想死你啦！經書奪回來沒有？」霍青桐歡然道：「剛奪回來，你瞧。」……

這邊李沅芷正向陸菲青詢問別來情況。……說罷拜了一拜，上馬就走，馳到霍青桐身邊，俯身摟著她的肩膀，在她耳邊低語了幾句。霍青桐「嗤」的一聲笑。李沅芷馬上一鞭，向西奔去。

這一切陳家洛都看在眼裡，見霍青桐和這美貌少年如此親熱，心中一股說不出的滋味，不由得呆呆的出了神。

只因頑皮的李沅芷一時貪玩的裝扮，讓陳家洛一顆幾乎已經飄上雲端的心，霎時之間又重重摔到了谷底。書上從頭到尾都沒詳述李沅芷究竟在霍青桐耳邊說了什麼。其實，很可能是適值花樣年樣的小兒女正在開玩笑，李沅芷說不定跟霍青桐說：「嗨，妳今天可有豔遇了，碰上了這麼一位翩翩美公子救妳一把，可要好好把握機會，過幾天就等著喝妳的喜酒了。」可惜陳家洛沒聽到她們說什麼，心裡那一股說不出的滋味，也不知是酸、是甜、是苦、是辣，總之是百味雜陳，一陣翻江倒海。初見如此人間好女，方才萌生的愛苗卻在忽然之間又失去了依附的藤架，可是一時之間又不得枯萎。難以言喻的心情，在他大少爺不曾受挫的習慣裡，徒然生出一股倔脾氣。先前原本說好一起去救文泰來的約定，在他心裡一番轉折後馬上起了變化。「感激不盡」一夜之間就變成了「驚動令郎令愛，實不敢當」。

事情的急轉直下，意外地傷人。霍青桐何等冰雪聰明，又是自己一生幸福所繫的大事，當然立即意識到陳家洛變卦爲的是什麼。只是礙於那一份矜持，有苦難言。這份酸楚，爲的不單單是情感的失落，還包括意中人對自己人格懷疑的創傷，這是一個潔身自愛的女子所最不能容忍的事。所以，她決定再給自己，也給對方一個機會。

霍青桐奔了一段路，忽然勒馬回身，見陳家洛正自呆呆相望，一咬嘴唇，舉手向他招了兩下。陳家洛見她招手，不由得一陣迷亂，走了過去。霍青桐跳下馬來。兩人面對面的呆了半晌，說不出話來。

這千絲萬縷的四目相接，早就沒有相識不到一天的熱絡，倒是多了恍如隔世的淒迷。感情脆弱的陳家洛還渾渾噩噩處在他的失落裡，霍青桐卻不得不收拾起她的離情，恢復鎮定，打破令人窒息的沈默。

霍青桐一定神，說道：「我性命承公子相救，族中聖物，又蒙公子奪回。不論公子如何待我，都絕不怨你。」說到這裡，伸手解下腰間短劍，說道：「這短劍是我爹爹所賜，據說劍裡藏著一個極大秘密，幾百年來輾轉相傳，始終無人參詳得出。今日一別，後會無期，此劍請公子收下。公子慧人，或能解得劍中奧妙。」說罷把短劍雙手奉上。陳家洛也伸雙手接過，說道：「此劍既是珍物，本不敢受。但既是姑娘所贈，卻之不恭，只好靦顏收下。」

翠羽黃衫蕙質蘭心，爲了不使陳家洛太尷尬，即使明明獻上的是定情之物，也要替陳家洛找好藉口，說出能讓意中人接受的一番漂亮的委婉之言。而陳家洛雖然一時把到手的幸福往外推，心裡還是放不下，總還不希望和伊人眞的從此一刀兩斷，所以很自然地收下了人家給他的定情之物。陳家洛這一決定接受，霍青桐心頭緊揪的心結，總算稍稍可以得到舒緩，期待兩人後會有期的一天。陳家洛古劍入懷，芥蒂雖在，卻是說什麼也抛不下霍青桐的身影了。

霍青桐見他神情落寞，心中很不好受，微一躊躇，說道：「你不要我跟你去救文四爺，為了什麼，我心中明白。你昨日見了那少年對待我的模樣，便瞧我不起。這人是陸菲青陸老前輩的徒弟，是怎麼樣的人，你可以去問陸老前輩，瞧我是不是不知自重的女子！」說罷縱身上馬，絕塵而去。

滾滾塵沙裡，依稀有伊人美麗的倩影。只不知塵埃落定之後，眞相又該如何大白呢？這一場第三者無心造成的誤會，幾乎耽誤了一對生死相許的有情人。這該怪霍青桐太過倔強，不肯直說嗎？不然。眞相如果可以自然大白，那是最好不過。可是在誤會不明的情況下，有時直接說破，反而不美。尤其碰上像陳家洛這種深受禮教的漢族男子，話說得太白，一個弄巧成拙，說不定才會被他認爲是「不知輕重的女子」。這一場還書貽劍的深情道別，依霍青桐本來的估計是以退爲進。只要陳家洛開口向陸菲青稍加打聽，一段美好姻緣，幾乎指日可待。只可惜陳家洛雖然接受了她的定情之物，他對私人感情處理的拘謹卻要遠遠超過所有人的預期。

其實，他心裡不是不想知道，只是不巧得很，霍青桐等人走後，剛剛要去問陸菲青，心硯偏在這時候找了章進回來，還帶了鐵琵琶韓文沖。於是第一次可以問明李沅芷這一樁烏龍事件的機會就這樣給溜走。後來在周綺和徐天宏的洞房花燭之夜，李沅芷自提督府一戰後，跟蹤駱冰苦追余魚同一回，更是一次明白一切絕佳的機會。只因陳家洛每一想起李沅芷，心裡就莫名地醋勁大發，縱使儘量不表現在臉上，言語之間不免稍嫌冷淡。以致余魚同、陸菲青都以爲他爲了有闖莊的事不高興。豈知陳家洛心裡七上八下，嘴上卻又故作大方。余魚同想全盤托出，讓陳家洛輕輕回絕。陸菲青也全然沒料到陳家洛是爲了霍青桐的事耿耿於懷，只道出爲了紅花會這許多英雄人物，居然沒能扣住一個初出道的少女，未免很失面子，哪猜得到他另有心事。否則若能像在李沅芷一開始以男裝姿態捉弄霍青桐的時候，毫不遲疑便知道霍青桐使出同歸於盡的病根所在，便可免去這許多波折。怪只怪陳家洛心中明明是兒女情長，話到嘴邊又在乎別人說他英雄氣短，幾次得以向陸菲青幾次旁敲側擊，都在擔心露出痕跡而故意輕描淡寫，陸菲青也一直沒能察覺他的話中之意，才演成這一段令人唏噓的情緣。

雌雄莫辨惹誤會

這誤會便在陳家洛始終問不出口，提不起又放不下的情懷中，一路直到第十五回，才由李沅芷自己向陳家洛揭開了這不是秘密的性別之秘。

陳家洛這才和李沅芷行禮廝見，說道：「李大哥怎麼也來啦？別來可好？」李沅芷紅了臉，只是格格的笑，望著余魚同，下巴微揚，示意要他說明。余魚同道：「總舵主，她是我陸師叔的徒弟。」陳家洛道：「我知道，我們見過幾次。」

余魚同笑道：「她是我師妹。」陳家洛驚問：「怎麼？」余魚同道：「她出來愛穿男裝。」

陳家洛細看李沅芷，見她眉淡口小，嬌媚俊俏，哪裡有絲毫男子模樣？曾和她數次見面，只因有霍青桐的事耿耿於懷，從來不願對她多看，這一下登時呆住，腦中空蕩蕩的什麼也不能想，霎時之間又是千思萬慮，一齊湧到：「原來這人是女子？我對霍青桐姑娘可全想岔了。她曾要我去問陸老前輩，我總覺尷尬，問不出口。她這次出走，豈不是為了我？她妹子對我如此情深愛重，卻教我何以自處？」眾人見他突然失魂落魄的出神，都覺奇怪。

其實一時未能看出李沅芷女扮男裝的又豈止陳家洛一人？頭兩次照面，一次匆匆一瞥，一次雖然正面交手，卻是在黑暗之中。想那霍青桐何等精明，何況又同是女兒身，尚且沒能一下就認出李沅芷是男是女來，何況是陳家洛這個拘謹的白面書生。霍青桐頭一次見到李沅芷，是陸菲青、李沅芷師徒二人無意中和回部人馬喬裝的商隊在路上相遇，李沅芷見霍青桐才貌出眾，呆瞧了一陣。依照霍青桐的個性，如果知道對方是個女子，必然要表現友好，附帶報以微笑。可是她當時卻是覺得這麼一個「美貌的漢人少年痴痴相望」，十分浮滑無禮，才會二話不說，拿馬鞭子便把李沅芷乘坐的馬給扯下了一大片毛，教訓一頓。第二次，也就是第二天，陸、李師徒正好趕上霍青桐欲從鎮遠鏢局手中奪回《可蘭經》那一幕，李沅芷想起昨日霍青桐拉去她的馬鬃，師父反而讚她武功，心裡一個不服，便在霍青桐伸手去拾取可蘭經時橫生阻撓。第三次發生在同一天晚上，霍青桐則因不滿李沅芷三番兩次作梗，尋至客棧理論，兩人再度交手。直到引得陸菲青出面，化解一場糾紛，讓李沅芷道歉，拉下帽子，露出一頭秀髮，霍青桐見到露出眞面目的李沅芷，雖然憤羞立消，一時卻是餘怒未息。

回頭再說陳家洛見到女扮男裝的李沅芷狀態親密之時，根據推算，應該是隔了一定距離，一時不辨，並非不無可能。其後二人於西湖三潭印月，之前和乾隆人馬已經纏鬥得精疲力竭，事情結束，心頭掛念的又是要趕回家裡探視姆媽的塋塚，對這個素無好感的「李大哥」也不想花太多精神。如果不是為了余魚同的消息，恐怕早就說不下去了。只是李沅芷也是一股大小姊脾氣，加上不懂江湖禮數，弄得陳家洛越來越不愉快。忽然間想起適才她在乾隆背後，和提督李可秀神態親熱，一口悶氣不由得爆了出來，先問她剛才站在皇帝背後，是假意投降？還是在朝廷做了什麼官職？李沅芷對這個問題當然給予否定的回答。於是陳家洛再補一句：「難道那些清廷走狗之中，有你親人在內？」這下完全激怒了李沅芷，兩人話不投機，大打出手。勝負交關之際，哪裡來得及分辨她是男是女？

雄兔腳撲朔，雌兔眼迷離。陳家洛三番兩次雌雄莫辨，一來就如同他自己所想的，只因爲了霍青桐的事耿耿於懷，從來不願多看此人一眼，一旦有了成見，只不過覺得「這小子好生古怪，說話倒像個刁蠻姑娘」，便再也想不到這人實在就是個如假包換的刁蠻姑娘了。二來，可能李沅芷打扮的工夫也什高明，一改裝，「竟是異樣的英俊風流」。好在中國古時不論男女皆蓄長髮，髮型的樣式雖然不同，但稍加梳理便無二致，不像西方男女髮式的涇渭分明。服裝亦然，否則像今天商品化時代，商家一再推陳出新，強調突出第二性徵，只爲讓男男女女各顯神通去吸引異性。若是在這種情況下，又豈能容得李沅芷如此魚目混珠？三來，只能說是爲求小說張力所作的安排，花木蘭代父從軍、祝英台尼山求學的故事在民間流傳什廣，光就故事的啓發性而言，又何必苛究其合理性？

公子最愛誰家姝？

這樣簡單的分析，必然不能滿足讀者對他三人之間戀情的瞭解，在此，先來看看陳家洛自己的分析。

「我心中真正愛的到底是誰？」這念頭這些天來沒一刻不在心頭縈繞，忽想：「那麼到底誰是真正的愛我呢？倘若我死了，喀絲麗一定不會活，霍青桐卻能活下去。不過，這並不是說喀絲麗愛我更加多些……我與忽倫四兄弟比武之時，霍青桐憂急擔心，極力勸阻，對我十分愛惜。她妹妹卻並不在乎，只因她深信我一定能勝。那天遇上張召重，她笑吟吟地說等我打倒了這人一起走，她以為我是天下本事最大的人……要是我和霍青桐好了，喀絲麗會傷心死的。她這麼心地純良，難道我能不愛惜她？」

想到這裡，不禁心酸，又想：「我們相互已說得清清楚楚，她愛我，我也愛她。對霍青桐呢，我可從來沒說過。霍青桐是這般能幹，我敬重她，什至有點怕她……她不論要我做什麼事，我都會去做的。喀絲麗呢？喀絲麗呢？……她就是要我死，我也肯高高興興的為她死……那麼我不愛霍青桐麼？唉，實在我自己也不明白，她是這樣的溫柔聰明，對我又如此情深愛重。她吐血生病，險些失身喪命，不都是為我麼？」

一個是可敬可感，一個是可親可愛，實在難分輕重。這時月光漸漸照射到了霍青桐臉上，陳家洛見她玉容憔悴，在月光下更顯得蒼白，心想：「雖然我們相互從未傾吐過情愫，雖然我剛對她傾心，立即因那女扮男裝的李沅芷一番打擾，使我心情有變，但我萬里奔波，趕來報訊，不是為了愛她麼？她贈短劍給我，難道只為了報答我還經之德？儘管我們沒說過一個字，可是這與傾訴了千言萬語又有什麼分別？」又想：「日後光復漢業，不知有多少艱繁艱巨之事，她謀略尤勝七哥，如能得她臂助，獲益良多……唉，難道我心底深處，是不喜歡她太能幹麼？」想到這裡，矍然心驚，輕輕說道：「陳家洛，陳家洛，你胸襟竟是這般小麼？」又過了半個多時辰，月光緩緩移到香香公主的身上，他心中在說：「和喀絲麗在一起，我只有歡喜，歡喜，歡喜……」

表面上看來，陳家洛似乎愛喀絲麗多些，在書裡，他和喀絲麗又是擁抱，又是親吻，但是和霍青桐之間卻一直是發乎情、止乎禮。可別忘了，金庸小說中武術招式及其名稱，多半是按照其人物的性格及命運而設置（陳墨，《賞析金庸》）。

如果說，陳家洛承襲自其師父最得意的武功是袁士霄情場失意後發前人未有而創的「百花錯拳」，那他和霍青桐以及喀絲麗這一對回疆姐妹花的感情糾葛也處處「似是而非，出其不意」。眼見他和霍青桐初次見面的情形，即蠢如周綺也可看出這位陳總舵主對青姊姊「含情脈脈」、「一見鐘情」，陳家洛對李沅芷的芥蒂，除了他自己明白外，就只有霍青桐明白。但是，喀絲麗的美艷動人，卻是任何人都瞧得見的。難道眞的是「吾未見好色如好德者也」嗎？喀絲麗的美，究竟又意味著什麼呢？

就從頭來分析吧！若是在陳家洛和喀絲麗開始成雙出現以後便斷定他移情別戀，其實是苛責了陳家洛對霍青桐的心意。周綺看陳家洛和喀絲麗在一起，質問爲什麼見了她妹妹好看，就撇下姊姊，可見到至少在周綺目光底下，喀絲麗的外表也有她的過人之處。老一輩的天山雙鷹碰到他們，陳正德也想：「怪不得這小子要變心，她果然比青兒美得多。」以陳家洛本身的資質來說，文武全才，琴棋書畫樣樣精通，如果因爲霍青桐的「還書貽劍種深情」就再不能欣賞世間其他美麗的事物，反而不實。試看清兵看見喀絲麗時的反應，端知陳家洛對喀絲麗的好感並不爲過，再回頭看爲之摘取雪中蓮一事也不足爲奇了。

兆惠的親兵過來接信，走到她跟前，忽然聞到一陣甜甜的幽香，忙低下了頭，不敢直視，正要伸手接信，突然眼前一亮，只見一雙潔白無瑕的纖纖玉手，指如柔蔥，肌若凝脂，燦然瑩光，心頭一陣迷糊，頓時茫然失措。兆惠喝道：

「把信拿上來！」那親兵吃了一驚，一個踉蹌，險險跌倒。香香公主把信放在他手裡，微微一笑。那親兵漠然相視。香香公主向兆惠一指，輕輕推他一下。那親兵這才把信放到兆惠案上。兆惠見他如此神魂顛倒，心中大怒，喝道：「拉出去砍了！」幾名軍士擁上來，把那親兵拉到帳外，接著一顆血肉模糊的首級托在盤中，獻了上來。兆惠喝道：「首級示眾！」士兵正要拿下，香香公主見他如此殘暴，想到那親兵為她而死，很是傷心，從軍士手上接過盤子，望著親兵的頭，眼淚一滴一滴的落下。

帳下諸將見到她的容光，本已心神俱醉，這時都願為她粉身碎骨，心想：「只要我的首級能給她一哭，雖死何憾？」兆惠見諸將神情浮動，正要斥罵，那斬殺親兵的軍士見她愈哭愈哀，不禁心碎，叫道：「我殺錯了，你別哭啦！」拔出佩刀在頸上一勒，倒地而死。香香公主更是難過。……

這樣的美確實令人震撼。美到令人渾然忘我，美到凡是看見她的人，不僅可以爲她失去性命，而且這樣的犧牲並不是爲了爭得美人歸的你死我活，也不是爲國捐軀的奮勇殺敵，而是爲了不忍這個天仙般的美人受到一丁一點的委屈、一絲一毫的不快，便不顧一切地把所有的罪孽一股腦兒地往自己身上攬，只要可以撫平她的哀傷，哪怕犯了錯的自己就此從世界上消失也在所不惜。更有什者，死後若是換得她的一顆淚珠，卻要比什麼都値得。

還好，喀絲麗的美是往善的方向導引，雖然犧牲了兩名清兵，畢竟是爲了避免更大的殺戮。否則，如果讓人人爲了她都要拼個你死我活，那才是製造天下大亂的妖姬了。

於是乎，人人受到喀絲麗的感染，場面變得十分動人，什至原本素性殘忍鷙刻的兆惠，被她一哭，心腸竟也軟了，索性對左右道：「把這兩人好好葬了。」

可是這時陳家洛的腦袋十分清醒，完全不是被喀絲麗給迷惑的樣子，他想著身上的重責大任，於喀絲麗那珍珠眼淚的反應卻是：

「這孩子哭個不了，怎是使者的樣子。」伸手輕輕扶住，低聲慰撫。

喀絲麗出場當時已是十八芳齡，可是心智年齡卻和姊姊霍青桐相去什遠。記得陳家洛初次見到喀絲麗之後，一起前去向木卓倫等人報信通知有關關東三魔將不利於霍青桐和她族人之事，原本是嚴肅肅殺的一件大事，並且攸關她親姐姐和族人的安危，可是途中喀絲麗卻有心情細數草原上牧羊、採花、看星、覓草，以及女孩子們的遊戲鬧玩這些嬰嬰宛宛之事。在書中稍後雖然都對她這種臨事不懼的泰然歸因於對陳家洛的信任，但這時的喀絲麗縱使得陳家洛爲她摘下崖壁上的雪蓮，也開始將他當作情郎，可是說到生死無畏，恐怕還有一段距離。待得黑水營之圍大勝後，二人路遇天山雙鷹，喀絲麗仍是想起唱歌跳舞、講故事、堆沙子這些小孩子的玩意兒，弄得陳正德好不尷尬。及至與霍青桐在山峰下玉室中值生死關口之時，喀絲麗還是想起要唱歌，混然不知危險將至，如未解世事的黃口小兒。陳家洛和這樣的女伴在一起初時固感新鮮快活，但當許多重責大任紛至沓來的時候，是否能永遠都沈浸在快樂的氣氛中，恐怕是要經過考驗的。

從這個例子可以看出，陳家洛對喀絲麗的一番情意，幾乎可說是對小女孩的照顧成分居多，尤其在李沅芷不小心造成誤會之後，陳家洛遇上這樣一位對他百依百順且又玉雪可愛的美人，其間的愛意實則是涵有很大的移情成分在裡頭。而陳家洛這一番對霍青桐姐妹的感情剖析可以拿來與張無忌和四美的關係作比較。在《倚天屠龍記》第二十九回〈四女同舟何所望〉中，張無忌也曾因為對身邊四位對他情深義重的女子各有牽掛：

張無忌惕然心驚，只嚇得面青唇白。原來他適才間剛做了一個好夢，夢見自己娶了趙敏，又娶了周芷若。殷離浮腫的相貌也變得美了，和小昭一起也都嫁了自己。在白天從來不敢轉的念頭，在睡夢中忽然都成為事實，只覺得四個姑娘人人都好，自己都舍不得和她們分離。他安慰殷離之時，腦海中依稀還存留著夢中帶來的溫馨甜意。這時他聽到殷離斥罵父親，憶及昔日她說過的話，她因不忿母親受欺，殺死了父親的愛妾，自己母親因此自刎，以致舅父殷野王要手刃親生女兒。這件慘不忍聞的倫常大變，皆因殷野王用情不專、多娶妻妾之故。他向趙敏瞧了一眼，情不自禁的又向周芷若瞧了一眼，想起適才的綺夢，深感羞慚。

《倚天》接近尾聲之時，周芷若和張無忌相偕離開少林寺，周芷若鼓起勇氣問張無忌：「無忌哥哥，我有句話問你，你須得眞心答我，不能有絲毫隱瞞。……我知道這世上曾有四個女子眞心愛你。一個是去了波斯的小昭，一個是趙姑娘，另一個是……她……倘若我們四個姑娘，這會兒都好好的活在世上，都在你身邊。你心中眞正愛的是哪一個？」張無忌心中一陣迷亂，想起與四女之間的種種，周芷若見他沉吟不答，繼續說道：「我問你……。四個女子之中，只剩下了趙姑娘。我只是問你，倘若我們四人都好端端的在你身邊，你便如何？」

張無忌這時說道：「芷若，這件事我在心中已想了很久。我似乎一直難決定，但到今天，我才知道眞正愛的是誰。」周芷若問道：「是誰？是……是趙姑娘麼？」張無忌道：「不錯。我今日尋她不見，恨不得自己死了才好。要是從此不能見她，我性命也是活不久長。小昭離我而去，我自是十分傷心。我表妹逝世，我更是難過。你……你後來這樣，我既痛心，又深感惋惜。然而，芷若，我不能瞞你，要是我這一生再不能見到趙姑娘，我是寧可死了的好。這樣的心意，我以前對旁人從未有過。」

這一段和陳家洛：「倘若我死了，喀絲麗一定不會活，霍青桐卻能活下去。不過，這並不是說喀絲麗愛我更加多些……」的想法十分類似。

金庸先生在《倚天屠龍記》的〈後記〉中，對張無忌的解釋是他的個性卻始終拖泥帶水，對於周芷若、趙敏、殷離、小昭這四個姑娘的感情，雖然看來似乎他對趙敏愛得最深，最後也對周芷若這般說了，但在他內心深處，到底愛哪一個姑娘更加多些，恐怕他自己也不知道。金庸還說，連他這個作者也不知道，而既然已他的個性寫成了這樣子，一切發展全得憑他的性格而定，作者也無法干預。

不過本書要指出的是，如果還原金庸當年創作的原意，很可能就是把陳家洛和霍青桐塑造成天造地設的一對的。且看書名《書劍恩仇錄》的破題，陳墨先生便曾指出，「書」指的就是回族的聖典可蘭經，「劍」則是霍青桐送給陳家洛那柄藏有重大秘密的短劍，「恩仇」是紅花會與乾隆、漢族與滿清之間的國仇家恨。在這上面，雖然香香公主的死是為了陳家洛/紅花會/漢族作了犧牲，可是她是屬於陪襯的地位的。再看她人還未出現以前的代表物——那對玉瓶，幾乎就是她全書中的象徵。玉瓶晶瑩柔和、光潔無比，雖然珍貴，卻是無生命之物。玉瓶充作裝飾的先天設定和易於破碎的本質，幾乎也就就是喀絲麗陪襯地位和身殉結局的寫照。

誰說女英賽娥皇？

金迷和研究者通常根據這場誤會，歸納為陳家洛的性格怯懦、心胸狹小所致。推而演之，則擴及到漢人書生的教條和沙文主義。，不過，誠如吳靄儀在《金庸小說的男子》一書中所指出的：「每個人都有一個階段想過做陳家洛那樣的人，出身高貴而平民化，文武全才，風度翩翩，重情重義，有崇高理想，為國家民族甘願犧牲個人幸福。」的確，陳家洛之於霍青桐亦非那麼薄情寡義，在他們與張召重及關東三魔身陷狼群中時，霍青桐已經瞭解了陳家洛為她捨命而入狼群的意義。其後，他二人與喀絲麗三人行十分愉快，即使先前以為陳家洛移情別戀的天山雙鷹後來也看出他二人的感情。所以，如果要說陳家洛在處理霍青桐姐妹之間的感情上有什麼不妥，大約只能說他在感情上是個弱者，倒毋需因此就去苛責他的人品。細心的讀者或可發現，在他這一段誤會之中，從頭到尾都沒有怪罪霍青桐的意思，倒是對於李沅芷這個莫名其妙的「情敵」居然得到佳人的垂青有著十二萬分的嫉妒。只是礙於他從小養成的道德觀，又不可能橫刀奪愛，只得遵守這「先來後到」的禮數。別人既然已經出雙入對，自己的愛慕之情也不能表露得太過，否則，倒似成了道德有虧的小人了。

仔細看待陳家洛對霍青桐的一番心思，終究不是那麼不堪。他對於李沅芷和霍青桐親熱相摟的景象雖心存疙瘩，當探手入懷，摸住霍青桐所贈那柄短劍，可不是還是想起那青青翠羽，淡淡黃衫？當乾隆在飛來峰考陳家洛的才學胸襟，陳家洛揮筆而就的七絕卻是：「攜書彈劍走黃沙，瀚海天山處處家，大漠西風飛翠羽，江南八月看桂花。」大漠西風飛翠羽的影像，如此自然地成為生命思想的一部分，又豈是八股應試的造作？在天池旁巧遇芙蓉出水的喀絲麗，即使懾於她不知是人是妖的天人之姿，回過神來之後想到的第一件事情，可不還是惦記著要打聽霍青桐的下落？

相較於喀絲麗錦帶偎情郎，霍青桐受到漢人禮教影響的感情表達方式，使得個性原本被動猶豫的陳家洛在喀絲麗的主動下迷失。俗話說：「男追女，隔重山；女追男，隔層紗。」男追女大體源自原始社會以力服人的異性互動模式，時至今日，這種模式在現代社會結構中仍然被認爲天經地義之事。只是鳳求凰的過程中，時間、精力、金錢需要相對付出，女性在被追求時，也往往要經過一定衡量標準，才會點頭答應對方的追求。

習慣了這樣的模式，若是追求者與被追求者的性別角色互換，男性通常會有一種「受寵若驚」，而又不知如何拒絕的反應。尤其如果發生在個性較爲內斂、靦腆的男性身上，更是難逃墜入熱情如火的迷惘。陳家洛一時興起幫喀絲麗摘下了天山雪蓮，惹得佳人主動偎郎，幾乎就是此中代表作。反觀霍青桐隨天山雙鷹習武多年，一套三分劍法盡得雙鷹眞傳，連帶感情的釋出也只淡淡三分。陳家洛的百花錯拳似是而非，霍青桐古劍相贈的情義縱然包含了生死相隨的深情，卻也只能點到爲止。只是這種「見物如見人」的牽繫，絕對不下於乃妹的錦帶纏繞。六和塔的一陣混戰中，天山雙鷹在見陳家洛手持霍青桐所贈古劍，出口逼問，正是說明他二人授受物品的不尋常，不言可諭。

兩人均起疑心，危勢既解，各退兩步。陳家洛把乾隆往身後一拉，擋在他面前，拱手道：「請教老太太高姓？」這時那老婦也在喝問。兩人語聲混雜，都聽不清楚對方說話。

陳家洛住了口，那老婦重復一遍剛才的問話：「你這短劍哪裡來的？」陳家洛聽得她不問別事，先問短劍，倒出於意料之外，答道：「是朋友送的。」老婦又問：「什麼朋友？你是皇帝侍衛，她怎會送你？天池怪俠是你什麼人？」陳家洛先答她最後一問：「天池怪俠是晚輩恩師。」他想老婦劍刺乾隆，定是同道中人，見她年齡既長，武功又高，是以自稱晚輩。那老婦嗯了一聲，道：「這就是了。你師父雖然為人古怪，卻是正人君子，你怎麼丟師父的臉，來做清廷走狗？」

楊成協忍耐不住，喝道：「這位是我們陳總舵主，你別胡言亂道。」那老婦面露詫異之色，問道：「你們是紅花會的？」楊成協道：「不錯。」

那老婦轉向陳家洛，厲聲道：「你們投降了清朝麼？」陳家洛道：「紅花會行俠仗義，豈能對滿清屈膝？老太太請坐，咱們慢慢談。」那老婦並不坐下，面色稍和，又問：「你這短劍哪裡來的？」

陳家洛見到她武功家數，聽她二次又問短劍，已料到幾分，說道：「是一位回部朋友送的。」其時男女間授受物品，頗不尋常，陳家洛雖是豪傑之士，胸襟豁達，當著眾人之面也有些說不出口。那老婦又問：「你識得翠羽黃衫嗎？」陳家洛點點頭。

周綺見他呑呑吐吐，再也忍不住了，插嘴道：「就是霍青桐姊姊送的。你也認識她嗎？那麼咱們是一家人啦！」那老婦道：「她是我的徒弟。」陳家洛行下禮去，說道：「原來是天山雙鷹兩位前輩到了，晚輩們不知，多有冒犯。」

在私人感情得以淋漓盡致發揮的西方社會，陳家洛的感情處理態度可能被視為懦弱、不負責任的表現。可是在講究「犧牲小我，完成大我」的神秘東方，私人感情的取捨，尤其男女之間的情愛，往往被排列在很低的順位。移孝作忠尚且一再被拿來作爲歌頌傳世的教材，男女情愛的受到刻意壓抑，當然不會太令人意外。陳家洛之於霍青桐只不過是其中一端，他把香香公主推向乾隆的懷裡，又何嘗不是犧牲私人感情的作品？安史之亂，一代名將張巡兵困睢陽，糧草耗盡，樹皮、草根、馬匹、老鼠，能吃的全都吃了，張巡忍心殺掉自己的妻妾烹調後分給戰士吃，個人生命財產成爲國仇家恨祭品的殘忍恐怕才是亙古之最！

再說情之爲何物，許多時候根本就毫無道理可言，即使如李沅芷之頑皮跳脫，一碰上自己和余魚同的事，也是一籌莫展。如果據此便說慧眼如霍青桐，在情場上卻識人不明，錯愛陳家洛，那實在是褻瀆了霍青桐的眼光，也錯怪了陳家洛對霍青桐的感情。霍青桐幾次柔腸寸斷，陳家洛又酸又甜的無法割捨，才是彼此一生僅有一次的初戀。

不可否認的，當陳家洛在池邊看到如出水芙蓉的喀絲麗時，的確爲她的外貌吸引。恰巧那時又是他情場「失意」的空窗期。外表嬌艷又無什才學的喀絲麗，正是填補這一段空缺的最理想對象，也適時地滿足了他男性英雄的虛榮。

可是當霍青桐再度出現，尤其李沅芷的女兒身還原以後，陳家洛的對喀絲麗的感情就變成道義的成分居多了。

或許包括陳家洛本人在內，幾乎所有的人都以為他有了新歡，便忘了舊愛了。可是仔細審視陳家洛對霍青桐溢於言表的關切，實在不得不重整他們之間的感情。黑水營之圍大勝後，幾個人在誇讚霍青桐用兵神妙，陳家洛卻早已注意到臉色蒼白的霍青桐。覬覦霍青桐美色的顧金標死前想來一個最後的狼吻，陳家洛也是第一個發現。

這能說霍青桐只帶給陳家洛負擔，而和喀絲麗在一起，果然只有歡喜嗎？恐怕是大有疑義的。在天山雙鷹向天池怪抱怨陳家洛移情別戀的同時，陳、霍、香三人的組合卻正在重組。當三人有機會同聚一室的機會裡，才真正反映三人關係的若干真實面。陳、香形似出雙入對的一小段戀曲，在霍青桐重新加入以後，其實喀絲麗的地位已一落千丈，而霍青桐卻在情節的推移下更進一步地展現了她對陳家洛的重要性。此時的她，不是情場失意的霍青桐，而是在明明白白得以和陳家洛有對等互動地位的翠羽黃衫。

天山雙鷹放走陳家洛和喀絲麗以後，後二人不久便碰上張召重。同一時間裡，這廂霍青桐爲怕師父一時衝動，不利於他二人，從玉旺崑趕來，在途中被關東三魔所擒，結果在霍青桐故意誤指途徑下於大漠中迷失方向，又碰上了陳家洛燒來求救的狼煙。此時的陳家洛在狼群環伺中，又必須同這四個魔頭鬥智兼鬥力。爲了霍青桐，陳家洛決定接受張召重的獻計，和顧金標比賽赤手空拳走人狼群。他步出火圈之前，不是走向茫然不知危險將至的喀絲麗，而是淚眼汪汪的霍青桐。

兩人正要走出火圈，……陳家洛笑道：「對不起，我忘了。」解下短劍，走到霍青桐面前，道：「別傷心！你見了這劍，就如見到我一樣。」將劍放在她身上。

霍青桐流下淚來，喉中哽住了說不出話，就在這時，一個念頭在腦中忽如電光般一閃，低聲道：「你低下頭來。」陳家洛低頭俯耳過去。霍青桐低聲說道：「用火摺子！」……

依據陳家洛「正人君子」的人格教養，如果不是和霍青桐仍舊有著「身無彩鳳雙飛翼，心有靈犀一點通」的默契，此時的他，一來不該把劍給霍青桐，更何況他的給法，什至是「將劍放在她身上」而不是「將劍遞到她手裡」；二來即使在性命交關之際，也不該俯下頭和和霍青桐咬耳朵，讓喀絲麗覺得他們可能有瓜田李下之嫌。然而金庸筆下這一切的表現都十分自然，是以無疑是出自他二人愛意牽纏的情愫了。這般說來，就不能說陳家洛有了新歡便忘了舊愛，相反的，他捨霍青桐而「愛上」喀絲麗，其實是有一些自憐自傷的情分的，只不過慣性的俠義思考使然，不能再讓喀絲麗這個弱女子遭受傷害，才犧牲可以瞭解他、原諒他的霍青桐。

至於其後到了玉峰石室內，儘管書中也安排香香公主幫著翻譯羊皮上的回文，可是，在這個舞台上，她頂多還是只能居於陪襯的地位。與當時氣氛完全不協調的是，面對生死交關之時，她居然還有閒情逸致唱歌。雖說金庸一直不忘解釋那是出於對陳家洛的信任，但終究欠缺了一種交融的感覺。反觀霍青桐此時對於陳家洛的意義，才是陪伴他面對人生至大轉折的唯一伴侶。他三人到了玉峰下找尋出路時，要下到一處離地低十七八丈的地方，陳家洛爲先探路下去瞧瞧，霍青桐隨口說了句「下去之後，上來可不容易了。」這時陳家洛居然說：「不能上來，也就算了。」弄得霍青桐臉上緋紅，目光不敢和他相接。要知陳家洛一向持禮矜守，如果他認定喀絲麗是他的終生伴侶，絕對不該在此時此地和霍青桐開這種玩笑，尤其又明明知道對方對他的好感非比尋常。若是故意藕斷絲連，那絕非君子所當爲，當然也不是陳家洛該有的作風。陳家洛在下面探索完畢，讓她姐妹下去，先下的香香公主拉著繩索慢慢溜下，見陳家洛張開雙臂站在下面，仍是像小孩子氣般眼睛一閉就跳了下去，然後任由陳家洛抱住了她，再把她輕輕放在地下，這之間描述具體的動作，對內心的感受並未多加著墨。但輪到霍青桐的時候，卻加強陳家洛抱著她時，她羞得滿臉飛紅，類似新嫁娘的反應。

像這種細膩描寫他二人感情互動的段子出現多次，幾乎毫無疑問要比描繪香香公主的感情深刻太多，其實二人間的情愫雖鮮少用明句來表現，互通款曲的情況是很值得讀者注意的。更重要的是，他二人合力完成的結晶，也就是全書最具創意的一套武功，是金庸武俠系列在「百花錯拳」之後出現，常被研究金庸武學者拿來討論的「庖丁解牛掌」，如果不是霍青桐這一位紅顏知己靈光一閃地提醒，陳家洛永遠只是遵循前人八股的名門後生，而不是可以隨著余魚同金笛悠揚打敗張召重的陳總舵主。

陳家洛心頭一喜，卻見頭一句是「北冥有魚，其名為鯤」，翻簡看下去，見一篇篇都是《莊子》。他初時還道是什麼奇書，這「莊子」卻是從小就背熟了的，不禁頗感失望。香香公主問道：「那是什麼呀？」陳家洛道：「是我們漢人的古書，這些竹簡雖是古董，可是沒什麼用，只有考古家才喜歡。」隨手擲在地上，竹簡落下散開，只見中間有一片有些不同，每個字旁加了密密圈點，還寫著幾個古回文。陳家洛撿了起來，見是《莊子》第三篇〈養生主〉中「庖丁解牛」那一段，指著回文問香香公主道：「這是些什麼字？」香香公主道：「破敵秘訣，都在這裡。」陳家洛一怔，道：「那是什麼意思？」霍青桐道：「瑪米兒的遺書中說，阿里得到一部漢人的書，懂得了空手殺敵之法，難道就是這些竹簡？」陳家洛道：「莊子教人達觀順天，跟武功全不相干。」丟下竹簡，捧起遺骨走了出來。三人把兩副遺骨同穴葬在翡翠池畔，祝告施禮。陳家洛道：「咱們出去吧。那匹白馬不知有沒逃脫狼口。」香香公主道：「全靠牠救了我們性命。牠很聰明，又跑得快……」陳家洛想起狼群之凶狠、白馬之神駿，不禁惻然。霍青桐忽問：「那篇《莊子》說些什麼？」陳家洛道：「說一個屠夫殺牛的本事很好，他肩和手的伸縮，腳與膝的進退，刀割的聲音，無不因便施巧，合於音樂節拍，舉動就如跳舞一般。」香香公主拍手笑道：「那一定很好看。」霍青桐道：「臨敵殺人也能這樣就好啦。」

陳家洛一聽，頓時呆了。《莊子》這部書他爛熟於胸，想到時已絲毫不覺新鮮，這時忽被一個從未讀過此書的人一提，真所謂茅塞頓開。「庖丁解牛」那一段中的章句，一字字在心中流過：「方今之時，臣以神遇，而不以目視，官知止而神欲行，依乎天理，批大卻，導大窾，因其固然……」再想到：「行為遲，動刀什微，謋然已解，如土委地，提刀而立，為之四顧，為之躊躇滿志。」心想：「要是真能如此，我眼睛瞧也不瞧，刀子微微一動，就把張召重那奸賊殺了……」

霍青桐姊妹見他突然出神，互相對望了幾眼，不知他在想什麼。

游刃有餘的「庖丁解牛掌」由陳家洛使來雖是進退有度、瀟灑異常，畢竟是殺牛（人），說不定還要血濺五步，香香公主居然可以說「這模樣眞好看」，這位回疆美女的審美眼光實在無法以常理量之。可令人激賞又令人配服的是姊姊霍青桐，她一直把心思放在上頭，不斷地思索，不斷地找尋竹簡、羊皮和破敵之間的關係。即使陳家洛幾乎放棄，她仍在琢磨這其間的奧秘。這不但是她行事的一貫作風，也是如此心思才能幫助陳家洛完成他人生相當重要的一個轉捩點。

莽莽父親木卓倫

霍青桐生於部族首領之家，原本也可以和妹妹一樣，成爲族裡的嬌嬌女。可是在講究以武取勝的部族之間，這個文武全才的女兒家，便被當成男兒來用，隨著父兄四處征戰。在全族安危強盛的考量下，爲大我犧牲奉獻成爲優先要務，私人感情受到相對的壓抑。因此，她和家人間的情感並不顯得特別細膩。

她和父親間的互動建立在爲家族奮鬥上的基礎多，至於天倫間的私愛則相對減少。雖說爲人父母者，多半希望對待所有的子女能夠一視同仁，可是在實際的施行上卻未必能如想像的那麼容易。前面提及霍青桐因智勇兼備，在一個原本重男輕女，偏又講究武功的部落受到重用，實在是一件十分超乎尋常的事。可是受到重用，並不等同於得到偏愛。這是不太公平，而且帶點矛盾的事。在一個家庭中，老大通常因爲出生時尚無其他兄弟姐妹的競爭，可以得到父母全部的呵護，尤其在重男輕女的傳統社會，長子因爲肩負著傳承的天職，父母，什或其他的長輩，都會對這樣的角色另眼相看。反過來說，家庭中的老么又因年弱幼小的刻板印象，可以得到另一種溺愛。像喀絲麗這樣的麗質天生，父母不因自己的傑作以貌取人也難。這下可憐了霍青桐，不論她對這個大家庭有什麼貢獻，既非男子，又非頭胎或么兒，偏偏是個被遺忘的老二。雖說霍青桐前後也讓李沅芷和陳家洛驚豔的外貌並不見得一定比喀絲麗要遜色多少，可是因爲不會武功的喀絲麗多了一份柔弱，在人類同情弱者的心理下，不知不覺間便要對她多一點關愛。所以，當木卓倫知道兩個女兒同時愛上漢家兒郎陳家洛的時候，雖然也有猶豫，下意識裡卻是偏向喀絲麗多些，對於霍青桐用兵之法的懷疑，雖說有一大半是智計不及所致，事實上也說明了他對這個女兒太沒用心去瞭解了。

和母親的關係似乎更淡了。當陳家洛出爾反爾，不願回人同去相救文泰來時，霍青桐爲了替雙方找台階下，曾說道：「我離家已久，眞想念媽和妹子，很想早點兒回去。」其中的妹子喀絲麗，在其後成爲「書劍」一書中角色突出但重要性不太高的人物，並且成爲第一女主角的情敵。媽媽則從來不曾正式出現，即使霍青桐爲情所苦、父親的懷疑出走，母親也未曾成爲她的後盾。這其間除了因爲和喀絲麗姊妹情深，難以對家人訴苦之外，多少也反應了她一天到晚隨著一干男子在外，處理國家大事，被塑造成的一個堅強的形象，以致於和父母親的溝通，似乎是可以推見的端倪。

最佳部從霍阿伊

比起父親，哥哥霍阿伊對大妹的情感就令人敬佩許多。這個不讓鬚眉的妹子雖說是爲了自己的部族在付出，卻也搶去他不少光采。然而幾次出生入死，他對大妹的智計武藝只有佩服，展現的是人性的光明面。否則，換作心胸狹小之人，尤其帝王之家的兄弟鬩牆，巴不得手足相殘的例子倒是不勝枚舉。

黑水營之圍之前，當父親懷疑霍青桐的布署是在害自己妹子時，霍阿伊雖然也出現短暫的懷疑，總歸是站在霍青桐這邊的多。他還安慰她說：「妹妹，爹爹心中亂啦，自己都不知道說什麼，你別放在心上。」接受指揮東路青旗的任務，成爲霍青桐手下的最佳部將。木卓倫和霍阿伊最後雙雙戰死，霍青桐悼念父喪和族人之餘，這位部將兄長的逝世，應該有一種痛失左右手的哀傷吧！

嬌艷小妹喀絲麗

喀絲麗在《書劍》中的地位很奇特。她實際是一個花瓶般的人物，她的角色對局勢的推移其實是很被動的，可是她的形象又令所有書裡書外見識過她的人很難忘記這一號人物。她出現在書中的第一幕是陳家洛在天池邊不小心看到她入浴的鏡頭。

他（陳家洛）一時口呆目瞪，心搖神馳。只聽樹上小鳥鳴啾，湖中冰塊撞擊，與瀑布聲交織成一片樂音。呆望湖面，忽見湖水中微微起了一點漪漣，一只潔白如玉的手臂從湖中伸了上來，接著一個濕淋淋的頭從水中鑽出，一轉頭，看見了他，一聲驚叫，又鑽入水中。

就在這一刹那，陳家洛已看清楚是個明艷絕倫的少女，心中一驚：「難道真有山精水怪不成？」摸出三粒圍棋子扣在手中。

只見湖面一條水線向東伸去，忽喇一聲，那少女的頭在花樹叢中鑽了起來，青翠的樹木空隙之間，露出皓如白雪的肌膚，漆黑的長髮散在湖面，一雙像天上星星那麼亮的眼睛凝望過來。這時他哪裡還當她是妖精，心想凡人必無如此之美，不是水神，便是天仙了。

這不知是人間還是天上的驚豔，加上身入清軍營中的幾處震懾人心的場面，使得香香公主的美在金庸系列的美女排行中不是數一，也是數二。比較奇怪的是，這位一直被描述成有著如嬰兒般光潔肌膚的人間仙子，卻似乎很習慣光著腳到處跑。就在和陳家洛初會後不久，她說要拿東西給陳家洛吃，便赤著雙腳，奔進樹叢中，拿來一個碧綠的哈密瓜和一大碗馬乳酒。除非她的輕功奇佳，可以施展草上飛水上飄的功夫，得以不和地面產生太大磨擦，否則若是尋常人家在樹根突起的樹叢中亂跑，豈有不磨破皮之理？更何況是一個肌膚柔嫩極致的少女？

金庸其他著作幾次提到女子腳美。《射鵰英雄傳》第三十四回黃藥師和全真七子在煙雨樓大戰，歐陽鋒趨著蛇陣和金兵來搗亂，黃蓉帶了柯鎮惡逃離，使兩名宋朝士卒用擔架抬著柯鎮惡，來到鐵槍廟中，命兩名官兵掃地、燒熱水，黃蓉忽然道：「你瞧的腳幹麼？我的腳你也瞧得的？挖了你一對眼珠子！」官軍嚇得魂不附體，咯咯咯的直磕響頭。黃蓉問：「你說，你幹麼眼睜睜的瞧著我的腳？」官軍說：「小的該死，小的見姑娘一雙腳生得……生得好看……」

可是《射鵰》裡的小黃蓉一直是穿鞋的，並沒有光腳亂跑的場面。

另一個極盡描述女子腳足之美能事的要算是《天龍八部》二十八回阿紫的例子了。阿紫在大遼優渥的日子裡閒得發慌，便到郊外尋找刺激的樂子，倒楣的游坦之被阿紫擒了來放「人鳶」。游坦之成了阿紫的俘虜，又被抓進了帳子。游坦之跌在地上，見到阿紫一雙雪白晶瑩的小腳，當眞是如玉之潤，如緞之柔，腳背的肉色如透明一般，隱隱映出幾條青筋，十個腳趾的指甲還都作淡紅色，像十片小小花瓣。在這之前，因阿朱死後，她跟著喬峰北行，喬峰因不喜阿紫，一路不太理她。阿紫爲了引起喬峰注意，中途來到一家酒店，便點了酒菜，故意嫌惡店裡的東西不好。她先說那酒是臭的，又說酒保端來的肉是人肉，酒保說不是人肉，她便說肉是臭的，抓起盤中一大塊煮得香噴噴的紅燒牛肉，往皮靴上擦去。可見這個阿紫的腳不但穿鞋，而且穿的是皮靴。阿紫隨著星宿老人在吐魯番長大，和香香公主生長的地方差不多，卻沒見阿紫時時有脫鞋的習慣。

光腳的喀絲麗也不知穿上鞋沒有，便帶著陳家洛回部裡，她想找她父親木卓倫報告對霍青桐不利消息的陳家洛交給底下的人，自己卻回了帳子，為晚上的偎郎大會作準備。喀絲麗才剛認識陳家洛，一幕「錦帶偎情郎」的戲還沒落幕，霍青桐便又出現在這個舞台上。只是，早已對陳家洛傾心的翠羽黃衫，突然間見到妹妹選定的情郎，竟是數月前接受自己定情物的救命恩人兼意中人，這番轉折，情何以堪恐怕一時也難以道盡霍青桐心中那份失落。

為了陳家洛的誤會，霍青桐已經忍受人格遭受質疑的委屈。可是為了這個向來被衆人捧在掌心呵護的小妹妹，她的委屈差點要在不得辯解下永遠犧牲。這一部分縱然出自她對陳家洛不求回報的感情，再則也是因為實在太疼愛這個妹妹所致。在不知那位被妹妹選上的幸運男兒之前，她為妹妹已有情郎而驚喜；得知妹妹竟然挑中和自己同一個意中人後，她幾乎沒有選擇地決定把那一份愛永遠埋藏在心底，讓所有淚水往自己肚裡吞去，讓所有的重負都叫自己來承擔。

為救出父親、妹妹和紅花會的人，她把自己放在最後的位置，只求她的眞主阿拉讓他們打勝仗，爹爹和妹妹可以平安歸來。如果原先要死的是他們，則求阿拉放過，讓她來代替。

霍青桐對妹妹呵護備至，對於香香公主的美麗，非但不嫉妒，甚且認爲是上天的眷顧。她爲了陳家洛承受不少委曲，書中責怪陳家洛卻是爲了妹妹的死而起。其實兩姐妹感情極好，香香公主無心之錯搶了姊姊的心上人，等她到皇宮裡轉了一圈，許多事情也明白過來，她知道陳家洛和霍青桐之間的情愫，但也拋不下對陳家洛的依賴。如果香香公主不死，二女共事一夫的情況幾乎是圓滿結局。

如師如父關明梅

古人拜師，弟子和師父的關係眞可用「如師如父」來形容。雖說表面上，只是傳道授業，可是因所傳之道、所授之業，攸關一門一脈的傳承，關係便非常特殊。今人在「民主」、「自由」、「人權」、「平等」這些現代社會價値觀的驅策下，學校裡莫說尊師重道的倫理不再，就算學生對師長執禮恭敬，也只是維持一定禮貌；而爲人師表者，也不過遵從職業道德，混口飯吃，即使其間偶見傾心相授者，也多爲求名求利之徒。師生間「一日爲師，終身爲父」的情懷已十分少見，大約只有在幾個宗教和傳統技藝的傳承上，才能略窺古人師生之情的風範。

不過，不論在功利取向的現代社會，或是在傳承技藝爲主的古代，學習能力好的弟子能得到師父較多的關切，則是不變的道理。以霍青桐的資質、領悟力，要得師父的歡心並非難事，再因天山雙鷹二老膝下未有一男半女，對這樣一個秀外慧中的徒弟自然更是疼愛有加了。

二老對霍青桐幾乎無條件的愛護，可以在霍青桐和陳家洛、喀絲麗的三角戀一事上看出來。當這件事混沌不明的時候，可以不問孰是孰非替霍青桐抱屈的，除了憨直可愛的周綺，就只有陳正德和關明梅這兩位老人家了。

早在霍青桐本人向師父說出原委之前，二老因爲幫助回部，千里迢迢從回疆趕到江南要殺掉乾隆，追到六和塔時正好和挾持乾隆的紅花會因誤會大打出手。誤會未釋，戰況未明，關明梅卻不忘追問陳家洛手中短劍的來處。稍後得知紅花會爲相助木卓倫，在黃河邊上劫糧濟民，便已料到霍青桐和陳家洛之間非比尋常。待要離去之時，還不忘給陳家洛撂下一句：「如你無情無義，將來負了贈劍之人，我老婆子絕不饒你。」

黑水營之圍大勝之後，霍青桐一來因想避開陳家洛和喀絲麗，二來無法承受父親對自己的懷疑，半夜三更出走。此時她第一個想的便是去跟著師父，「隨二老在大漠中漂泊」。這不僅表示她和師父之間的依賴，還有信任。她拖著疲憊的身心，又不巧碰上關東三魔，少不得一番周旋下，幸虧遇到師父前來。關明梅看見愛徒困頓憔悴，火烈的性子怎麼忍得住，馬上和陳正德教訓了三魔一頓。

回到玉旺崑的居所，關明梅問她何故一個人帶病出走，霍青桐一開始避重就輕，只挑了計滅清兵、途遇三魔的事講，沒說眞正的原因。然而禁不住關明梅的一再追問，終於把這一切全盤托出。顯見霍青桐對師父已不僅是單純的師徒之情，除非是和自己十分親近的人，才可能分享這種兒女私密之情。況且以霍青桐的理性，陳述的過程應該是平鋪直敘，絕不會加油添醋，把他二人說得太過不堪。雖是如此，關明梅卻已氣得咬牙切齒，直指陳家洛喜新厭舊。這樣的反應就像天下父母一樣，一旦自己的子女和他人有任何摩擦的時候，便一味認定是對方的不是，自家小孩卻是千好萬好一般。

稍後關明梅夫婦二人見到陳、香，心裡惦記著如何替愛徒出氣。幸好二人雖則脾氣暴躁，亦非全然不講道理的人，終究放過熟睡中的兩人，只是又寫下了「怙惡不悛，必取爾命」八個字，警告陳家洛。

官家小姐李沅芷

李沅芷是金庸武俠系列第一部小說《書劍恩仇錄》出現的第一個人物，也是霍青桐此次入關所結交的第一個漢人朋友。她二人年紀相仿，一個是回部首領的掌上明珠，一個是清廷派駐西北邊防的將門千金。兩人相遇相識，卻是由於一場莫名其妙的打架。

怪只怪李沅芷從師父那兒學了幾年功夫，一直苦於沒有一顯身手的機會。本來她們並犯不著打那一架，但一來李沅芷向來好奇的毛病在江湖上拋頭露面也不知收斂，只因「從小在西北長大，哪裡見過幾個頭臉整齊的美人，竟瞧得呆了。」這下被瞧得不自在的霍青桐順手舉起馬鞭扯下她馬鬃上的毛；二來陸菲青爲了教訓這個不知天高地厚的徒兒，故意誇讚了霍青桐，惹得李大小姐不高興，硬是在第二天霍青桐和關東三魔奪經的當口橫加阻撓，以致霍青桐才會在晚上尋到客棧找她算帳，而在一陣不打不相識之後結爲朋友。

可嘆這個朋友不但不太懂得替他人著想，還屢屢在無意中壞了別人大事而不自知。在重要大事上，她不分青紅皂白破壞回族奪《可蘭經》；在私人感情上，不用說，所有人都會想起她女扮男裝引起陳家洛誤會，幾乎斷送了霍青桐一生幸福的那一段。此後霍青桐一路情傷，可說都是因這一誤會引起。更不堪的是，在她心目中，天下事都以余魚同爲第一。那次縱馬奔來，如果不是找不到余魚同，她不會親親熱熱跑去向霍青桐說「昨晚你到哪裡去了？我可想死你啦！」，也不會惹得霍青桐因此情傷。解除陳家洛的誤會那一次是，李大小姐見到她的余師哥，對別人全不理會，只知詢問余魚同近來情形，才眞相大白。

肝膽相照是周綺

紅花會裡群豪的重情重義場景無須他人質疑，紅花會外女俠的肝膽相照比起男兒間的豪氣干雲也不遑多讓。若要點出和霍青桐交情最好的其他女俠，書中第一位出現的人物李沅芷，雖然也是第一個和霍青桐結成好友的漢人女子，論起霍青桐的知己，不是這位官家大小姐脾氣十足的李沅芷，而是差點被駱冰許配給陳家洛的周綺。

人與人相處靠一點緣分，靠一點相知相惜。在周綺和霍青桐的身上，都看到她們個性光明磊落的一面，也看到她們同樣不願屈服男人之下的作風。「俏李逵」性如烈火，就恨人家以爲她是女流之輩而瞧她不起，平日的名言即是：「男女都是人，爲什麼男人做得，女人就做不得？」霍青桐在清廷使者要求回派使者時則說：「你說我們不敢去見兆惠將軍，哼，我們這裡個個人都敢去，別說男人，女人也敢去。」表現出來的章法已說明她是同一論調的服膺者。只不過霍青桐比周綺更聰明、更心細，更足以作爲周綺師法的參考。多了這一層緣故，周綺對霍青桐不但崇拜，也多了一份關心。

不單如此，她二人認錯的坦率也都勇氣可嘉。霍青桐對李沅芷女扮男裝捉弄憤恨不已，連帶對當師父的陸菲青本也要記上一筆帳，可是當陸菲青好心提醒她個人勝負榮辱無傷大雅，全族安危禍福才是要緊時，她倏忽一驚，驕氣全消，回過身來向陸菲青施禮，還虛心請教陸菲青應對之策。周綺看見陳家洛帶著喀絲麗，心裡一肚子氣。等到陳家洛說霍青桐在遇見他之前早已有了意中人，周綺一呆，問這是眞是假，陳家洛既說是「眞」，周綺於是釋然，還跟陳家洛道了一個歉。一個爲自己榮辱堅持，又因族國大事恢復冷靜，一個爲朋友抱不平，卻因是誤會一場而盡釋其嫌，胸懷同樣坦然，格調同樣可敬。

其實周綺和霍青桐的接觸並不比別人多，她和陳家洛一樣，第一次遇到霍青桐，正好碰上霍青桐帶領回族人馬奪取經書。當時關東六魔中的閻世章深入回人重圍，叫陣單打獨鬥，是周綺第一個忍不住跳出圈子，喝道：「好，咱們來比畫比畫。」周老英雄拉回女兒，說：「傻丫頭，人家武功比你強，你沒瞧見嗎？」俏李逵只嘟嚷了一句：「難道她冤我？」心中卻不存芥蒂，反而處處為她著想。不像李沅芷，只為陸菲青誇讚了霍青桐的武功，她便要不服氣，不分青紅皂白破壞霍青桐的奪經大計。

於是，待得眾人相處了一天，其間因見霍青桐心喜而答應回族相救文泰來的陳家洛，隨即因為撲朔迷離的李沅芷和霍青桐過於親熱而變卦時，是周綺牽著伊人的手，對陳家洛的說：「這位姊姊人又好，武功又強，人家要幫咱們救文四爺，你幹嘛不答應啊？」使得陳家洛語塞。眼看著明明是情意纏綿的一對璧人，卻為了莫須有的因素要分開，是周綺對陳家洛說：「你不要她跟咱們在一起，你看她連眼淚都要流下來啦！你瞧人家不起，得罪人，我可不管。」

周綺一路惦記著霍青桐。徐天宏用計將運往新疆支援兆惠的軍糧賑濟災民，周綺想起的是：「西征大軍沒了糧餉，霍青桐姊姊定可打個勝仗。」後來石雙英帶來兆惠大軍沒有糧餉吃飽飯的消息，她仍是想起跟徐天宏說：「要是霍青桐姊姊知道這是你的計策，一定感激你得很。」

這一路向西，群雄受困黑水河，正巧碰上了前往兆惠營裡做使者的香香公主和陳家洛。周綺以為陳家洛喜新厭舊，忍了半天，最終還是板起臉問：「總舵主，你到底心中愛的是霍青桐姊姊呢，還是愛她？」陳家洛支支吾吾，不敢正面回答，周綺還是逼問他：「那麼爲什麼你見她妹妹好看，就撇開了她？」

心硯求救未回，徐天宏懷疑霍青桐嫉妒妹子，怕她由愛生恨，不肯出兵相救。其他人雖然覺得她好，聽徐天宏一說，也覺得不無有理，只有周綺絕不相信。周綺自訂親以來，事事對徐天宏言聽計從，佩服之至，可是面對霍青桐卻絕無懷疑，這種出乎眞誠的信任，才是人世間最可貴的情感。武諸葛一生在詭計下過活，雖然在紅花會還是結交一群夠義氣的朋友，對人的信任就不免打了折扣，氣度上比起這個妻子還差了一大截。霍青桐當時雖然人不在場，日後若能得知，對這個行事有點莽撞的朋友，定有「生我者父母，知我者周綺」的感慨。

所幸，周綺對霍青桐的這一番摯誠，並沒有白費。全書的最後一場高潮，乾隆在雍和宮宴請群豪，意圖一網打盡。雙方人馬一陣奮戰，霍青桐幾乎有機會向乾隆報仇的時候，方有德挾持周綺新生兩個月的嬰兒，作爲要脅。所有人雖都不忍，卻都不知如何是好。這時霍青桐毅然決定挽救這個新生命，她回身把手中短劍還給陳家洛，低聲說：「死了的人已升天國！要教這孩子長大之後，記得咱們的大仇！」語云士為知己者死，霍青桐為知己，國仇家恨暫放一邊，不作血氣之鬥，豈只是生死之交所能形容！

心繫邦國愛回疆

在《書劍》之中，金庸採取的是漢族中心的基調，握有統治滿洲人被歸為異族，漢、滿之間有不共戴天的仇恨。而貪得無厭的清廷，另一方面又企圖染指新疆，於是受清廷壓迫的回族又可以和反清復明的紅花會站在同一陣線，成為合作的對象。

霍青桐和九難、趙敏一樣，都是生長在帝王之家或族裔之家的公主之身。她們的命運也都和家族的興衰緊密地繫在一起。稗官野史裡的獨臂神尼，原本無憂無慮的大明公主，國仇伴隨著家恨沈重地訴說她的命運。而蒙古汝陽王家的敏敏特穆爾郡主的愛國熱情顯然薄弱許多。在國族與愛情之間，她毫不考慮地選擇了愛情，為了張無忌，國家興亡都與她無干。在張無忌指揮明教教眾對付元兵時，她心裡牽掛的不是父兄的家業，不是蒙古父老的生死安危，令人不解的心態冀盼的卻是但求張無忌莫來向她請教，不使她爲難，便心滿意足。至於那原本的命運共同體，她卻是無情得很。諷刺的是，因爲漢人與元朝之間的仇恨，使得這種「不愛江山愛張郎」的感情擴充了羅密歐與朱麗葉式的愛情張力，卻顯得可歌可泣，而得到一些少男少女的崇拜。

霍青桐領導族人奮力抗敵，由於敵眾我寡，回人面對的是比他們強大百倍的清兵，在兵力上不如人家，他們就必須在精神上有所惕厲，所能依賴的，也就是他們所信奉的眞主保佑，是阿拉賦予他們不怕死的精神。生在王侯之家，霍青桐所表現的民族感情何其激昂悲壯，沉重莊嚴。

和趙敏比較，雖然都是以「番邦公主」的身分愛上漢家兒郎，時代變了，讀者對背棄族人的趙敏似乎不但沒有反感，支持嘉許的人還不在少數。不知是漢族中心主義的思想仍然普遍存在人們心中？還是羨慕她和張無忌之間轟轟烈烈的愛情？

在感情上一向自私的李沅芷，同樣對自己的家國麻木不仁。她父親李可秀在反清復明運動尚未全面歇止的乾隆中葉於清廷爲官，她對滿漢之分自然不會像紅花會的人那樣，有覆巢之下無完卵的悲痛。及至有情於余魚同，她又像趙敏一樣，心中只有情郎，爲了情郎，什麼父母之恩、君臣之義都可以拋到九霄雲外。許多戲曲小說，都過度渲染了愛情的重要性，而把賴以生長的環境完全忽略掉。其實就一個眞正有血有肉的人來說，這是極不正常的事情。歷史上的容妃，也就是傳說中常影涉的香妃，在清廷派兵攻打回部的時候，乾隆曾刻意不予告知，怕的就是容妃傷心，也可見愛情和家國之愛是可能矛盾的。如果一個人可以爲了愛情不顧及家國的安危，其人的人格恐怕有留待商搉的地方。

霍青桐的人生哲學

處事篇

資賦天成堪大任

世人多以成敗論英雄。人生在世要想能夠出類拔萃、卓越超群，後天不斷的努力固然是必不可少的條件，但事實上，個人先天的條件也是不該被輕忽的一環。所謂先天，可以再分爲兩大方向加以討論：首先，它指的可以是一個人的出身背景，再其次，也指涉了個人的天賦。出身背景相當於一個人的「血統證明」。關於這一點，說來令那些努力大半輩子卻難以成功的平庸之輩氣餒，又叫一些含著金湯匙出生的人抗議此說忽略他們後天的付出。可是存在這現實世界的事實，卻是讓紅塵俗世浮沈的男男女女不論在檯面上、檯面下都不得不買這個帳，更令人難堪的是，它的影響力古今中外皆然。一個沒有家族背景作靠山的白丁要想出人頭地不是不可能，而是困難之處不在話下。中國五千年的封建傳統，王爵祿位多來自世襲，自夏禹治水以來就不曾式微過。周朝的封建制度不算開先河，兩漢以來的九品中正制度也不會是過渡。漢朝的開國始祖劉邦、元末揭竿而起的朱元璋雖然號稱出身平民，一旦他們帝位在握，家天下的思想就成爲理所當然，金鑾殿上的他們仍是想著將奮鬥得來的成果代代相傳，好讓子子孫孫從此得享祖宗庇蔭。至於身旁那些幫著打天下的功臣，不幸者縱然招來殺身之禍，有幸者卻是能封侯拜相，再把這祿位也世襲下去。即使到了二十一世紀的今天，民主自由已經成了人類追求的共同目標，政治世家子承父業依然不算稀奇，企業家族呼風喚雨的例子還是所在多有。王位世襲至今尤在，鄰近日本皇室成員仍是平民百姓艷羨的對象，歐洲許多國家依舊繼續王子和公主的神話。一九九九年夏天，美國小約翰甘迺迪駕駛個人小飛機不幸墜毀的消息傳來，舉國爲這位「美國王子」（American Prince）之死慟哭哀悼。

這家族權勢的力量，說好聽一點，是人際網絡四通八達；說難聽一點，則是群帶關係壟斷資源。但不可否認的，充分運用人脈，是不論女男都可以運用的柔性訴求，人們可以因此而奠定良好的外在關係，更可以廣結善緣，結交志同道合的夥伴，或是生活上相互扶持、分享喜怒哀樂的好朋友，在關鍵時刻尋得最足以信賴的支持系統，在面臨挑戰時不覺得孤單無助。

木卓倫既是族群的領袖，霍青桐等於是生於回族貴胄之家的公主，日日受到眾星拱月的擁抱，在眾人的注目和呵護下成長，按照前面「血統說」的定律，她在身家背景這方面占有的優勢自不待言。撇開性別問題先不談，霍青桐因為環境的關係，認識、結交的當然都是當地的名流貴族，她可以毫無障礙地進入上流社會的核心，她可以有當地最好的老師，可以成天和那些和她身分、地位匹配的人為伍，可以整日在權勢構成的金字塔裡打轉。這些都是促成她比一般老百姓更有機會開拓眼界的資源，也是大部分人終其一生遙不可及的樓宇。

可是話又說回來，如果據此就說她這一生所有亮麗的表現都來自於父系血統之賜，那就太輕忽了她的個人特質。否則回頭看看她的哥哥霍阿伊和妹妹喀絲麗，便無一像她一樣承襲了天生的貴族天賦。哥哥霍阿伊長相貌不驚人，無什麼特出之處。論才能，書上著墨不多，想來不會太好，否則也不致讓這個如花似玉的妹妹拋頭露面，不但要上戰場，還得扛下家族生死存亡的重責大任。但是也不至於差勁到什麼事都做不了，不然也不會幾次重要戰役還能看到他的影子，擔任的也還算是相當重要的職務。他的原創力或許有待加強，但是頭腦不應該太差，就兵圍黑水的例子來看，他在驚疑之下終能相信霍青桐的戰術，足見還是有相當的判斷力。喀絲麗就很難叫人對她下定論了，美則美矣，但除了安排她念幾個回文以表示她有點學識之外，著實沒見過她較具知性的一面，能歌善舞跟她的出身也扯不上絕對的關係。在這三位兄妹間這般比較下來，可見得，就算有再好的出身，如果是個扶不起的阿斗也是枉然。

除了身家背景的影響，一個人的外表也對成事與否占了相當的比重。雖然外表並不是很實際的東西，對青春有限的人生來說，它的確只是一時的，或者也有些虛幻，有些人甚至金玉其外、敗絮其中，可是外觀的影響力卻是不可避免的一個評鑑標準。再說人類本是感觀的動物，眩於外表不過是人類劣根性之一而已。人要做到百分之百理性，那得等到烏托邦實現再說。人與人間接觸久了，或許可以經由交往對彼此有更深一層的認識，而後更進一步看到優缺點。但若僅止於泛泛之交的互動，或是認識時間不夠長的人們，外觀給人的印象仍不可忽略。私人交往難免以貌取人，公衆人物的形象更是攸關組織成敗。

以霍青桐的角色而言，絕不僅止於吸引「知好色而慕少艾」的陳家洛，別忘了，李沅芷看她這樣的美人可是看得呆了，甚至陸菲青這個武當耆老也爲之眼睛一亮。於是，經由金庸的安排，讀者透過陸菲青眼中看到霍青桐出場時的形象如下：

一個黃衫女郎騎了一匹青馬，縱騎小跑，輕馳而過。那女郎秀美中透著一股英氣，光采照人，當真是麗若春梅綻雪，神如秋蕙披霜，兩頰融融，霞映澄塘，雙目晶晶，月射寒江。

這幾句話不但展現了霍青桐的五官，也襯托出她的神采，她是那麼光鮮亮麗、儀態萬千，她的氣質和自信，折服了每一個看見她的人。本來，這樣的描繪已足以讓讀者瞭解霍青桐是個美麗動人的年輕女子，畢竟就一個年逾六旬的老頭子來說，觀看妙齡女子美貌與否已不是他的重心，能引起他老人家注意已是不尋常的事情。可是金庸覺得這還不夠，硬是要再加強人們對她的印象，所以連李沅芷這位清秀佳人也多瞧了幾眼。只見：

那少女和她年事相仿，大約也是十八九歲，腰插匕首，長辮垂肩，一身鵝黃衫子，頭戴金絲繡的小帽，帽邊插了一根長長的翠綠羽毛，革履青馬，旖旎如畫。

男人愛看女人，女人比男人更愛看女人。《射鵰英雄傳》中，郭靖和黃蓉爲了替王處一到完顏洪烈府裡拿解藥，聽得巡邏的衛兵說小王爺抓了一個美人，其實也就是早先和楊康比武招親的穆念慈，黃蓉一時沒想起，非要去看個究竟，金庸還特別解釋其間奧妙。以女人的心眼，的確很難放棄這比較的機會，尤其對自認有幾分姿色的女子來說，更難免除。李沅芷瞧了以後不嫉妒，也不嗤之以鼻，卻瞧得呆了，霍青桐外貌之動人，雖未如喀絲麗般一再被強調，其亮麗可人也絕對不在話下。

霍青桐不但五官姣好，身材也是一流。陸菲青隨著李沅芷家人回江南途中，因爲自己五年前和焦文期等人的一段恩怨，一直注意江湖上相關的風吹草動。在「通達客棧」那一晚上，他踱到院子裡，正好聽到童兆和和閻世魁他們說些不三不四的話，不料接著是一塊泥巴飛來，塞在童兆和嘴裡。爲跟蹤塞了童兆和一嘴泥巴的人，陸菲青追將出去，看見的是背影「身材苗條，體態婀娜」的霍青桐。到了陳家洛和霍青桐第一次相識的時候，初時因觀看的是霍青桐和閻世魁交手的情況，並未注意到佳人的模樣，及至混戰方歇，仔細看她的時候，也是「體態婀娜，嬌如春花」。

既然老老小小看她如此，聰明的霍青桐自然不會不瞭解自己的優點，也知道如何讓在外表上更烘托出自己的優勢。雖然傳說中的西施濃妝淡抹總相宜，粗蓬亂服不掩國色，不過，適度的打扮若能給自己加分，那又何樂不為呢？當然，愈是聰明的人，愈是有自知之明。有別於香香公主和小龍女這類不食人間煙火的白衫女子給人飄飄渺渺的感覺，霍青桐必須在她的打扮上區分出她和她們的不同。草原上的「翠羽黃衫」，她的典型裝扮是一身鵝黃衫子，頭戴金絲繡花小帽，帽邊插上一根長長的翠綠羽毛。鵝黃的亮麗和柔美可以襯托出她秀外慧中的氣質，點睛作用的翠羽更可顯出她的審美觀運用。知道如何重點突出，更可見她是瞭解自己優點和角色並能加以突顯的箇中高手。依當代觀點來看，適度打扮絕不僅足於招蜂引蝶的低層次生物功能，而是自我形象塑造以及自我行銷的第一步，想在事業上更上層的人，雖然不必過度包裝，但是讓自己的形象成爲吸引衆人注目的焦點，卻是邁向成功的開始。

智計雙全運籌中

人們對某些事不見得非要完全瞭解才能去執行，甚至在不知其所以然的情況下把事情做得很好也不無可能。但是，如果不能徹底瞭解如何把一件事情做好，之前的完成任務就只能說是一種幸運，而很難把它內化成爲經驗的一部分，更不用說去把它發揚光大，讓它也成爲可供別人參考的經驗了。尤其當執行某件事的過程中，往往會碰到問題，需要一再修正，如果只是誤打誤撞，每次都期待幸運之神降臨，那經驗的傳承就難上加難了。現代管理學上重視所謂know how，其中蘊涵的大道理就在於此。

「知識就是力量」這句古老的諺語不是一句空泛的口號，也不是老人家望子成龍的教條，而是提醒人們學習、累積無形資本的苦心箴言。知識的授予之間不是一場你死我活的遊戲，它能使獲得的人不斷地成長、不斷地豐富，更奇妙的是，授予的一方非但不減損任何資源，反而從運用它而獲成功的例子中更見其偉大。

《三國演義》在中國民間是婦孺皆知的故事，讀過《三國》不盡知道曹魏正溯的興亡，卻知道桃園三結義的忠義，也愛孔明藉著豐沛的天文地理知識造就的赤壁之戰。可惜大多數的人只把它當小說看，休閒過後，與我無干。可是霍青桐讀通了《三國》，對她來說卻是一部攸關部族生死存亡的兵書，余魚同、徐天宏稱讚霍青桐，又何嘗不是對諸葛亮的再次肯定！

俗話說，知識是死的，人是活的。知識不是白紙上的鉛字，它存在於任何地方，誰都可以經由特定或不特定方式獲得。活人可以從死書上得到它，也可以從別人身上的經驗取來。可是知道怎麼去運用的畢竟只是少數人，大部分人卻是任這些寶貝逕自流落。李沅芷也聽陸菲青講赤壁之戰，可是《三國》的血淚和李沅芷無關，她既不珍惜、也不應用。像霍青桐這麼用心的人，似乎天生便生就一種潛意識，可以把知識轉換成他們的本能，而讓她在人群中顯得如此「天賦異稟」，讓她的天才，在發揮中不斷地造就。古今中外那些流芳千古的文學家、藝術家、科學家，莫不是這類可以善用知識的人。

霍青桐最爲人稱道的是，她不但瞭解自己所知道的和所擁有的才能功用何在，也可以很自然地去完成某些事情，並且知道如何引導別人，如果有機會，她眞該把這番心得再傳授下去，留下智慧的結晶，讓往後的世世代代參考。

知己知彼決雌雄

「資訊爆炸」是二十世紀末一個流行的語彙，在資訊爆炸的現在，資源的蒐集可說再輕而易舉不過。無論是從今天的眼光看來被歸爲傳統媒體的印刷文件、報章雜誌，或是當前先進的視訊、電腦、網際網路等所謂電子媒體，傳播科技的發展一日千里，資訊的流通更是無遠弗屆。回首過去千百年來的人類文明史，因爲時間和空間的阻隔，其間存在許許多多的障礙及不便，人們搜尋所需要的資料困難可想而知。然而不論資訊的取得來源如何，獨立的思考和判斷能力，才是一個眞正有智慧的人實事求是應有的態度。否則，面對一大堆充其量只能稱爲資料的堆積物，卻無法從中理出頭緒，有用無用也還在未定之間，再多的資訊都是枉然。

當然，運用資訊之前，首先要對其來源和傳播方式有一定的瞭解。美國有一個電視廣告便戲而不謔地點出資訊來源的重要性。美國的股票市場通常用幾個英文字母作為上市公司的代號，如微軟（Microsoft）的代號是MSFT，美國電話電報公司（AT&T）是T。在那個廣告裡，有位男士坐在電腦前，想在網路上查詢熱門股的代號。待他輸進問題以後，電腦傳回了某個代號，並且重複出現了好幾十次，那位男士十分高興，以為是確認的意思。沒想到這時鏡頭一轉，帶出那代號重複出現的來源。原來，在網路服務站的那頭，有幾個人正在舉杯狂歡，其中一位臀部頗位相當可觀的女士背對著電腦笑得東倒西歪，而隨著她大笑起伏，臀部擠壓電腦鍵盤的韻律恰好就形成一再重複的字母敲擊。這雖然是個笑話，也是一個極端例子，但也可見資訊來源的重要性。

作為一個領導人應該就資訊來源的背景、理念、傳遞對象、內容主體等等進行研究；其次要培養自身對資訊的使用能力，包括資訊的選擇、基本使用能力，以及內容的區隔、比較與判斷。然後還得要評估自身的環境、時間、財務狀況及使用經濟效益等等，選擇出符合自己需求的部分。唯有如此，資訊才能發揮最大的效用，並將負面的效果降到最小。

資訊（information）不同於資料（data），資料只是一些基本的數據累積。適當的資訊量，卻可以讓人們以最有效率的方式，對環境或事物作通盤的瞭解，然後進入最終的決策階段。話又說回來，如果資訊量太多，不僅在蒐集、閱讀及分析比較資料上會花費許多的時間，也容易混淆思考，增加壓力及心理負擔。所以，尋求資訊支援的時候，應該依據個人自身的特質、事物主體的性質及影響程度等去作考量，以便拿捏出適當的資訊需求。

此時此地談資訊似乎顯得有些誇張，不過如果舉個例子便知此處所言不虛。且說陳家洛和香香公主隨清廷使者到兆惠營裡去送信，和紅花會兄弟被困，派心硯向霍青桐求救……

心硯急馳突圍，依著陳家洛所說道路，馳入回人軍中，把信遞了上去。木卓倫正派人四出尋訪，但茫茫大漠之中，找尋兩個人談何容易，清兵集結之處又不能前去打探，正自焦急萬狀，一見女兒的信，大喜躍起，對親兵道：「快調集隊伍。」霍青桐問心硯道：「圍著你們的清兵有多少人？」心硯道：「總有四五千人。」霍青桐咬著嘴唇，在帳裡走來走去，沉吟不語。

回入帳內，心硯撲地跪下，不住向霍青桐磕頭，哭道：「姑娘，你如不發兵去救，我家公子可活不成啦。」霍青桐道：「你起來，我又沒說不去救。」心硯哭道：「公子他們只有九人，當中姑娘的妹子是不會武的。敵兵卻有幾千。救兵遲到一步，公子他們就……就……」霍青桐道：「清兵的鐵甲軍有沒有衝鋒？」心硯道：「還沒有。只怕這時候也已衝了。他們穿了鐵甲，箭射不進，那怎擋得住……」越想越怕，放聲大哭。霍青桐皺眉不語。

關於這部分，徐天宏原先因爲懷疑霍青桐會因嫉妒陳家洛和喀絲麗要好而見死不救，稍後突然想起問心硯霍青桐是否問了什麼話之後也明白了霍青桐的用意。可見古今中外有許多原則是共通的，只是說法、運用的情況不同罷了。說穿了，這又何嘗不是一種「知己知彼」，《孫子兵法》〈謀攻篇〉有曰：

知己知彼，百戰不殆；不知彼而知己，一勝一負；不知彼不知己，每戰必敗。

除此之外，余魚同讚美霍青桐運用《孫子兵法》中「我專為一，敵分為十，是以十攻其一也，則我衆而敵寡。」一句出自〈虛實篇〉，和〈謀攻篇〉的戰術可以互相輝映，《孫子兵法》〈謀攻篇〉有曰：

故用兵之法，十則圍之，五則攻之，倍則分之；敵則能戰之，少則能逃之，不若則能避之。

兩句話說的都是敵衆我寡的情勢。如果己方兵力是敵人的十倍，乾脆採用包圍的方法；如果己方兵力有敵人的五倍，進攻還不成問題；如果兵力只比敵人多一倍，就要考慮分散敵人了；到了兵力和敵軍相等的時候，就只有硬著頭皮和敵人廝殺一途；如果不幸兵力比敵人少，就要選擇躲避敵人；如果各方條件都明顯不如敵人，就要避免去奪其銳鋒。總之，衡量一下自己的實力，選擇有利於自己的狀況，才有打仗的本錢。

這一點，霍青桐早就懂了，可是鼎鼎大名的定邊大將軍兆惠不知道霍青桐用計的厲害，以為在他大清軍力壓境之下，回人不敵戰敗，下令乘勝追趕，甚至懸賞搶奪霍青桐身邊的新月大纛。這邊斷後的回人，雖有幾百人在邊戰邊逃下犧牲，可是另一批由老弱黑旗組成的隊伍，卻騎著良馬一路誘敵。兆惠見到手下所殺的回人不是老人，就是少年，還是沒能在短時間內會悟過來，兀自以為主帥身邊沒有精兵，仍是繼續追趕。又追了七、八里地，回兵的隊伍看來更見散亂，新月大纛則是迎風在望。

霍青桐知道自己的布局就在眼前，縱馬下丘，就等著收拾戰果。而以為回兵走投無路的兆惠登高一望，知道已經中了包圍，卻是為時晚矣！清軍驚駭未定，北面的回兵又緩緩推擠過來，此時此刻的兆惠不及回過神來，直覺的反應是把前後隊變換，能退則退。像這種前隊作後隊的調度，如果不是事先規劃好，都是非不得已而用之的下下之策，不幸的是，當時的清軍正是處於這樣的劣勢之下，所以這一來，只有自亂陣腳的分了。

至此，幾乎每一個步驟的演進都在霍青桐的預料之中。原來比回人多出數倍的清兵，經過這般分兵追趕下來，留到這裡的已經剩下一萬名左右。反之，在霍青桐的設計下，回兵則是全部集中。更叫兆惠意想不到的是，霍青桐並不打算在這裡跟他們廝殺肉搏，而是讓兵卒在泥淖旁圍成了西、北、南三面，留下東面的空缺。兆惠一錯再錯，沒有推究出對方可能設下的陷阱，居然不假思索叫人馬往東面的缺口衝去。這一衝，鐵甲軍立時陷入萬劫不復的境地，無可挽回地落入河流在沙漠逐漸乾涸匯成的泥淖，也爲這一役的勝負奠下不可逆轉的基礎。

霍青桐綜合這兩個概念，爲她的戰略作基礎。「知己知彼，百戰百勝」，這句是千百年來士庶之人琅琅上口的成語，在這個時候卻顯得如此驚心動魄。只怪兆惠太過誇大，沒能從古訓裡得到智慧，身負國家重責大任的軍事將領，豈不知「知己知彼，百戰百勝」這八字訣之秘？或許不瞭解敵人，但瞭解自己，還可以得個勝負參半。但如果錯估形勢，既不瞭解敵人，又不瞭解自己，那只好自嘗敗果了。

孫子不孤傳天山

提起諸葛亮，《書劍恩仇錄》的讀者很容易想起那位短小精悍，江湖上人稱「武諸葛」的紅花會七當家徐天宏。令人遺憾的是，《書劍》介紹他的時候，雖然一再用「足智多謀」來形容，然則他給人的印象倒是和歡喜冤家周綺鬥嘴多過於驚天動地的大作爲。幾次用計得逞的例子，和霍青桐的智計相比起來，幾乎只能算是雕蟲小技。如在第七回裡，紅花會群雄與乾隆及一干清軍在西湖岸邊交手，因心硯遭到御前侍衛龍駿毒蒺藜，龍駿爲了在乾隆面前逞英雄，不肯拿出獨門解藥。眼看心硯命在旦夕，群雄束手無策之時，徐天宏的作法是，從心硯身上取出毒蒺藜，將已敗在趙半山手下的龍駿也刺上幾下，這樣一來，性命已在旦夕之間的龍駿只好不理功名富貴，乖乖交出解藥。一次是爲了騙取回部請鏢遠鏢局護送的玉瓶，讓陳家洛扮福康安，馬善均扮張老爺，他自己扮一個變戲法的人，常赫志和孟健雄等人扮軍官，演出一場變戲法鬧劇。接下來則又爲了讓陳家洛和張召重比武時前能先消耗張召重的體力，利用江湖上「寧碰閻王，莫碰老王；寧挨三槍，莫遇一張」這兩句話，擠對張召重和王維揚。至於說到比較大手筆的貢獻，黃河截糧一案已經算是功勞一件，可是要和霍青桐的用兵如神相比，終究不免黯然失色。

黑水營之圍大獲全勝之後，余魚同曾經說：「孫子曰：『我專爲一，敵分爲十，是以十攻其一也，則我眾而敵寡。』想不到回部一位年輕姑娘用兵，竟是暗合孫子兵法。」

乾隆二十三年秋至二十四年春，清朝大將兆惠因回部討大小和卓，受挫於黑水河。這一役被金庸拿來作爲他第一部小說的歷史背景之一，大軍交戰的場面不但媲美羅貫中的《三國演義》，霍青桐用兵如神的本事也直追孔明。發兵之前，霍青桐想和父親解釋她的計策，跟木卓倫說：「爹，漢人有一部故事書，叫做《三國演義》。我師父曾給我講過不少書中用計謀打勝仗的故事，那些計策可眞妙極了。」

眞正要說到女中諸葛、女中孫武，翻遍古今中外典籍，大概找不出第二人與霍青桐相比擬了。的確，從整個戰役的布局和推演來看，有幾個場面都令人不得不聯想到這是《三國演義》的應用。所謂應用，當然是取他的智慧經驗，粹取合於自己的情形加以變化，說到大原則，那就可以上溯到兵法的老祖宗——《孫子兵法》了，《孫子兵法》〈始計篇〉有曰：

主孰有道？將孰有能？天地孰得？法令孰行？兵眾孰強？士卒孰練？賞罰孰明？吾以此知勝負矣。將聽吾計，用之必勝，留之。將不聽吾計，用之必敗，去之。

《孫子兵法》開宗明義就告訴有心研習兵法的人，行軍之前先要判斷勝負。而軍事將領在出兵前不可或缺的資訊，包括雙方君主得不得道，將領有沒有才能，誰占有天時地利，法令的執行，軍隊的強勝，士卒是否訓鍊有素，賞罰是否分明等等。因為戰役的勝負不只決定在人數和軍備這些有形物資的多寡，心理層面的因素也是必須計入考慮的重要環節。主將依據資料分析以後，如果已經有十足的把握，便要要求屬下嚴格遵循既定的計謀，這時也就一定勝利在望；反之，如果不聽從主將的計謀，戰法因此紛亂，當然就註定失敗一途，那麼，主將縱使不離去，軍令也無法執行，一場仗更不知從何打起了。

霍青桐琢磨心硯的求救內容，心裡很快就規劃出一套完整的救人策略。可惜，知音太少，作父親的木卓倫一開始就對這個智計深沈的女兒抱持懷疑的態度，以爲霍青桐把精銳之師派出去構築工事，卻不去救人，誤會女兒嫉妒妹妹和陳家洛要好，見死不救，逕行帶了黑旗第三、四隊而去。餘下的部將也是。霍青桐讓白旗第一隊人馬，引清兵向西追趕，一路上接戰只許敗不許勝，逃入大漠。那隊長不懂其中佯敗誘敵的計畫，也以爲霍青桐故意要打敗仗，和族人同歸於盡，當場抗命。霍青桐爲固住指揮大軍的權威，不得已只好祭出軍紀，把那位隊長拉出去斬首示衆。

這一幕，活生生就是孫武令斬闔閭姬妾的翻版。

據傳著有《孫子兵法》的孫武，在伍子胥推薦下曾經爲吳王闔閭練兵。孫武見到闔閭之後，暢談富國強兵之法，首以軍令爲先。爲了使闔閭相信紀律的重要，孫武要求以吳國後宮女眷示範演練，並且由闔閭寵愛的兩名姬妾擔任隊長，以便傳達號令。

當吳國後宮的妃嬪、宮女等一千女子全副武裝在校練場集合完畢，孫武隨即下達命令，開始操兵訓練。可是這些後宮女子聽到鼓聲，根本不當一回事，仍是一片散漫，笑鬧連連。孫武見狀，雖然耐著性子再給她們一次機會，姬人仍無動於衷。孫武為收殺雞儆猴之效，只好祭出軍紀，要將吳王的兩名寵姬斬首示眾。不但旁人的求情無效，孫子對吳王下場相求同樣也不為所動。他並趁機告訴闔閭，只有嚴格執行軍紀，才能指揮得動軍隊。吳王不得已，含淚看著愛姬被斬。其餘女眷眼見這一幕活生生、血淋淋的教訓，十分害怕，也知道孫武是認眞的，此後聽從孫武認眞操練。孫武在嚴格執行軍紀之下，替吳國訓練了一支精強的軍隊，也在日後吳越之戰中發揮了很大的功效。

威風凜凜權在握

諸葛亮被劉備請出山之後，劉備以師禮待之，部下的關羽、張飛在內都很不服氣。所以能不能讓他們服氣的關鍵，就在初出茅廬的第一仗了。當時曹操兵多將廣，而劉備雖有關、張、趙等多名大將，兵卒卻不過三千，面對曹操極欲消滅劉備的架勢，諸葛亮確實面臨著相當嚴峻的考驗。

曹操命夏侯惇爲都督，領兵十萬，直抵博望城，向新野殺來。劉備向關羽、張飛詢問迎敵之策，他二人說：「既然大哥得孔明，猶魚之得水，何不使『水』去？」話說得酸溜溜，孔明只得搬出殺手，向劉備要「劍印」。這「劍印」在握，即是取得了人事調動權，就算關、張再不服，也得聽從他的調度，否則，如果關、張不聽指揮，再完美的戰術也難以施展。這下有了「劍印」在手，關羽、張飛就只得隨著其他將士聽從孔明的調度了。

於是，諸葛亮有條不紊地調撥博望坡這場戰役。他讓關羽引一千人馬在博望坡左面的豫山埋伏，等夏侯惇的兵馬來到，按兵不動，先讓他們通過；一直要等到看見南面起火才能出擊，按計畫燒掉軍馬後面的輜重糧草。張飛也領一千兵馬，埋伏在博望坡如面的安林後山谷，也是看到南面火起才可出動，焚燒先前囤積糧草的地方。另外，關平、劉封帶兵五百，準備引火的工具材料，到博望坡後兩邊等候，至一更天曹軍到的時候，便放火爲號。這裡放火引出的火光，就是讓先前埋伏的關羽、張飛執行任務的記號。諸葛亮這時又命人到樊城調來趙雲，讓他作前迎擊曹軍，可是只准打輸，不許打贏。最後讓劉備帶一千人馬作後援，完成部署。諸葛亮並強調各路軍馬必定按照計畫行事，不得有失。

博望坡這一役打下來，正如後世所瞭解的，一切過程完全按照諸葛亮的部署進行，面對曹兵十萬大軍，在有條不紊的作戰指揮之下，蜀軍贏得了以寡敵衆的勝利，讓原本等著看笑話的關羽、張飛不得不佩服得五體投地。

檢視這一仗勝利的原因，除了戰術運用得當、責任分派明確之外，更重要的原因就在於孔明取得軍方的人事調動權，連赫赫一時、和劉備有結義之盟的關羽、張飛也必須聽從他的調度。這就是法定權力的作用。

霍青桐也一樣，她心底算盤已定，構想出救陳家洛和妹妹的輪廓，接下來，就是調度的事了。爲了取得調度權，她向木卓倫要了代表號令全軍的令旗。她很果決地跟木卓倫說道：「那麼你把令箭交給我，這一仗由我來指揮。」

木卓倫雖然遲疑，但想到女兒智謀遠勝於己，還是把號令全軍的令旗令箭交給霍青桐。也幸好木卓倫交出了令旗令箭，才能使這一家父女有誤解的情況下，最後還是打了勝仗，《孫子兵法》〈始計篇〉有曰：

兵者，詭道也。故能而示之不能，用而示之不用，近而示之遠，遠而示之近；利而誘之，亂而取之，實而備之，強而避之，怒而撓之，卑而驕之，佚而勞之，親而離之。攻其無備，出其不意。

戰爭通常是談判破裂的產物，既然選擇打仗，比的是拳頭，那就不是什麼揖讓而升下而飲的君子之爭。雙方都不必客氣，有本事就儘量拿出本事，有計策就要儘量謀劃出奇。尤其像這次戰役中，回兵和清軍在實力上實在相差太遠，當然必須用點詭詐才能在劣勢中謀得一線生機。就像孫子兵法講的，即使有能打的幾支隊伍，也要裝作不能打，能用也要裝作不用，近攻假裝成遠征，遠征假裝成近攻；敵人一時貪利，就利誘之；敵人出現混亂，就乘機攻取；敵人實力雄厚，就加強防備；敵人強大，不必攻其鋒，使出「閃」字訣避開要緊；敵人發怒，就再挑起他們的憤怒，讓他們失去理智；敵人卑視我方，就將計就計，讓他們成爲驕兵；敵人安逸，就反過來使他們勞累；敵人親和，就必須用離間的計策。總要在敵人還沒準備妥當時進攻，在意想不到的地方，迎頭出擊。

誤會已成，霍青桐就必須用實際行動來證明自己並未被私心蒙蔽。木卓倫走了以後，她重新整理心情，請霍阿伊接手指揮東路青旗，自己則帶了黑旗第二隊衝了出去。

層層分工將軍行

一個團體要能運作，並不是螞蟻雄兵那樣集體行動，而是要將它劃分爲層級分明的單位，讓他們各司其職，才能更有效去執行任務。

霍青桐在決定去救陳家洛等人時，已經把任務的分工原則分了出來。她的軍隊編列和功能大致是這樣的：

A1 青旗第一隊，在戈壁大泥淖西首
A2 青旗第二、三、四、五、六隊，召集牧民、農民在大泥淖旁
（A1、A2）→ 木卓倫總指揮

*但木卓倫帶了剛換了良馬的黑旗第三、四隊老少戰士而去
→霍阿伊取代木卓倫，指揮東路青旗

B1 白旗一、二、三隊，在葉爾羌城和黑水河兩岸
C1 黑旗第一隊、哈薩克兩隊在黑水河旁的山上
（B1、C1）→ 霍阿伊

C2 黑旗第二隊，霍青桐自己帶領，居中策應

C3 黑旗第三隊，從東首衝入救人
C4 黑旗第四隊，從西首衝入救人
（C3、C4）→ 實際上是誘敵

她既接掌了印信，就是這整個救援行動的最高指揮官。可是一個人能力再怎麼高超，終究還是有極限。即使是總司令，一個人既不可能發一個命令讓所人執行同一個動作，反過來，也不可能發千百個命令，讓千百人都做不同的事情。其中的關鍵，就在於分工的規劃和施行。無論怎樣的分工，目的都是希望

每個個體發揮最高能量，從而使整體動員效率產生相乘的效果。

天時地利據山頭

夫地形者，兵之助也。料敵制勝，計險阨遠近，上將之道也。知此而用戰者，必勝；不知此而用戰者，必敗。

——《孫子兵法》〈地形篇〉

利用地形優勢作為用兵的輔助條件，即使到了世紀之交的今日，在傳統戰爭的運用上仍是剋敵致勝不可或缺的一個要素。判斷敵情，制定取勝的計畫，研究地形的險易遠近，這是主將的職責。如果能夠懂得在戰爭中應用地形優勢，勝利的果實幾乎就熟了一大半；反之，如果既不懂得什麼叫地形優勢，也無從應用這樣的優勢，那麼，失敗恐怕就在不遠的前方。

話說後面這廂看情形不對的清軍想逃，在泥淖旁的回部青旗軍卻早已掘下了深溝，清軍縱使想逃，馬匹卻難以跨越。加上回兵的逼近靠攏，越是慌亂，越是無法鎮定以對，於是不免自相踐踏，最後一一陷入泥沼之中，除了約百多名清兵護著兆惠殺出一條血路，逃出重圍之外，其餘一萬多名鐵甲重軍就在淒厲的哀號聲中被吞噬在回疆的泥淖之中。

殲滅鐵甲軍的情況令人不得不想起諸葛亮一出祁山時消滅鐵車軍的場景。當時曹真聯合西羌國共同對付諸葛亮。西羌國王徹里吉命令丞相雅丹、元帥越吉率領十五萬鐵車軍向西平關開來，準備進攻蜀軍陣營。

所謂「鐵車兵」，就是以鐵葉裹釘，用駱駝或騾馬駕馭，車上裝載輜重的重兵，兩千年前的兵備來說，可以想見是非常厲害的。那時正值十二月的隆冬，深諳天文地理的諸葛亮計算著大雪的天氣，他知道，那場紛飛的大雪會幫助他消滅鐵甲車兵。於是展開部署，命關興、張苞二人引兵埋伏，然後由姜維領兵出戰，並交待說：「但有鐵車兵來，後退便走。寨口虛之旌旗，不設軍馬。」

這時，羌人的部隊已來到寨前，只聽得寨內鼓琴之聲悠揚。雅丹丞相命令越吉殺入寨內，直趕過山口。但見孔明小車隱隱轉入山林。越吉大怒，催兵急追。山路被雪覆蓋，一望甚是平坦。正趕之間，忽然一聲巨響，如山崩地陷，待回過神來，姜兵已陷於坑塹之中。背後的鐵車軍看不見前面的情況，仍飛速前行，一時之間又哪裡收得住腳，只能順勢掉進坑內。越吉想要溜掉，被關興舉刀砍死於馬下，雅丹丞相也被活捉。

地形的利用雖然通常依靠先天的地理優勢，可是這中間的因勢利導，卻是身為將領的人必須靈活創造的。《孫子兵法》裡說：「險形者，我先居之。」就是說己方應先占據險要的地形，扼住敵方的進出口，才能制敵機先。

如劉備占領西川之後，又率兵來取漢中，但是夏侯淵固守定軍山不出戰。黃忠便與法正商議攻取定軍山之事。法正見定軍山有一座山，名叫對山，與定軍山正好呈對峙狀，如果占領對山，定軍山上的一切即可盡收眼底，那麼攻下定軍山便不成問題。黃忠計策已定，於是當夜一口氣攻占了對山，將夏侯淵的部將杜襲趕走。此時，法正對黃忠說：「將軍可守在半山，某居山頂。待夏侯淵兵至，吾舉白旗為號，將軍卻按兵勿動；待他倦怠無備，吾卻舉起紅旗，將軍便下山擊之；以逸待勞，必當取勝。」黃忠十分高興，按照法正的計畫行事。

夏侯淵聽說黃忠占領了對山，便前來挑戰。黃山見法正在山上舉起白旗，任憑夏侯淵百般辱罵，只是不出戰。午時以後，法正見曹兵倦怠，便在對山頂將紅旗招動，於是鼓角齊鳴，喊聲大振，黃忠一馬當先，馳下山來，大喝一聲，夏侯淵未及相迎，早已被黃忠砍爲兩段。

前述大泥淖全面大戰之後，霍青桐又下令人馬到黑水河南岸等待下一波的反攻。

清軍的鐵甲武折損不少，另一波又聚集起來向回軍猛撲。回軍此時雖有精銳之師作戰，終究不免和清軍開始互見傷亡。此時不論回族本身的人馬，或是紅花會裡的英雄，眼見抵擋困難，都想上去支援，只有霍青桐氣定神閒，打算在衆人吃過乾糧、戰力恢復以後再出兵作戰。

消耗敵人軍心士氣的策略，最典型的是《左傳》裡面的一段故事：

話說齊國發生內亂。魯國曾想把齊國作人質的公子糾送回國，和他的兄弟公子小白，也就是後來的齊桓公爭奪君位。因此，有了這一層芥蒂，齊桓公對魯國非常不滿，即位後，便想著向魯國報復，這也就是隨後的長勺之戰的由來。

當時，魯莊公與曹劌同坐一輛戰車觀戰。戰鬥一開始，齊軍擊響了戰鼓進軍。魯莊公心中大急，也要下令擊鼓迎戰。可是曹劌卻阻止他說：「再等一等，現在還不是時候。」一直等到齊軍擊了三次戰鼓後，曹劌才說：「好，現在可以擊鼓進攻了。」

魯莊公這會兒才一聲令下，激昂的戰鼓響徹雲霄，只見魯軍個個精神抖擻，像離弦的箭飛沖上去，把齊軍殺得片甲不留，大敗而逃。魯莊公想乘勝追趕，曹劌很小心，還下車檢視他們的車印子的確亂得沒有章法，不是裝模作樣撤退了，才說可以追擊。

大敗齊軍後，莊公好奇地問曹劌打勝戰的緣故。曹劌笑著跟他說：「打戰，靠的是勇猛的士氣。第一次擊鼓，所有的士氣大振，可是我們不上陣，他們第二次再擊鼓士氣就會衰退，等到第三次士氣就幾乎起不來了。在這個時候我們再來擊鼓，鬥志正好旺盛，而他們的士氣卻已盡，所以很容易打敗了他們。」

這番回人作態奮勇守住西水河支流上幾座木橋，引得清兵來奪。哪知又入了霍青桐圈套，當數千名鐵甲軍蜂擁過橋的時候，霍青桐一聲令下，叫道「拉去木條！」木橋應聲折斷，橋上數百名鐵甲軍隨之墮入河中。清兵分為兩截，隔河相望，相救不得。原來依照霍青桐的布置，早已有數百名回人牽了馬匹藏在河岸下面，橋上的木樑也事先予以拆鬆，並用粗索縛在馬上，所以這一聲令下，百餘匹馬奮蹄向前衝開。清軍落水的落水，餘下的又遭受炸藥的轟擊，平時威風凜凜的鐵甲軍在此幾乎潰不成軍。

祝融相助呼風來

凡火攻有五：一曰火人，二曰火積，三曰火輜，四曰火庫，五曰火隊。行火必有因，煙火必素具。發火有時，起火有日。時者，天之燥也。日者，月在箕、壁、翼、軫也，凡此四宿者，風起之日也。

凡火攻，必因五火之變而應之。火發於內，則早應之於外。火發兵靜者，待而勿攻，極其火力，可從而從之，不可從則止。火可發於外，無待於內，以時發之。火發上風，無攻下風。晝風久，夜風止。凡軍必知有五火之變，以數守之。

——《孫子兵法》〈火攻篇〉

孫子說：一般火攻的形式有五種：第一是焚燒敵軍的人馬，第二是焚燒敵軍的物質，第三是焚燒敵軍的輜重之物，第四是焚燒敵軍的倉庫，第五則是焚燒敵軍的運輸設施。想要實施火攻必須具備一定的條件，首先，引火器材必須經常準備好；其次，發動火線還要選擇有利的時機。起火要先選有利的日期；月亮運行到「箕」、「壁」、「翼」、「軫」四個星宿的位置時，就是起風著火的日子。

凡是採取火攻，都必須根據上述五種火攻所造成的情況加以變化，而且要適時運用兵力來對應。若是從敵人內部放火，就要及早派兵從外面策應。如果火苗一經燒起，而敵軍仍然保持鎮靜，則不要馬上進攻，等火勢燒到最旺的時候，視情況有利於己才進攻，如果苗頭不對就停止這一波。另外一種是從敵軍營舍外面放火，這種情況不必等待內應，只要時機和條件成熟就可以放火。火如果發於上風，切不可從下風進攻。且就自然的定律來說，所謂飄風不終朝，驟雨不終日，風在白天刮久了夜晚就會停止。總而言之，軍隊必須懂得五種火攻形式的變化運用，等候火攻日條件具備，然後實施火攻。

說到火攻，最膾炙人口的非「孔明借東風」那段莫屬了。

諸葛亮回營待命。周瑜設宴替諸葛亮請功。並說想到一個破曹的計策，請諸葛亮替他決斷。諸葛亮說：「先別說出來，各自寫在手心，看同或不同。」兩人寫完將手湊在一起，同時伸掌一看，不約而同都寫了一個「火」字。

兩人有了默契之後，便一步一步執行他們的計畫。讓龐統去接近蔣幹，假裝說周瑜器量太小，不能容人，只得書空咄咄。蔣幹不明究理，勸他去投曹操，這一下正中龐統下懷，立即和蔣幹連夜渡江到曹營，獻出連環計。根據龐統向曹操的解釋，由於北方的軍馬不諳水上生活，如果把大小戰船用鐵環鎖在一起，上面鋪上木板，便可解決水軍顛簸不適之苦。

這廂龐統計成，那廂諸葛亮則開始他「欲破曹公，宜用火攻，萬事俱備，只欠東風」的動作。諸葛亮算準了三天後風向會轉為東南風，卻號稱說他要作法，藉三日東南風破曹，讓周瑜築造七星壇。

七星壇築成，諸葛亮煞有其事地穿了件道士用的袍子，披頭散髮，赤著雙腳，裝模作樣做起他的法來。

到三更時分，果然吹起了東南風。當然，這是懂得氣象之學的推算出來該有的風向轉變，而不是在七星壇上的諸葛亮法力如此高強。

黃蓋準備好二十艘火船，船內滿載蘆葦乾柴，灌了魚油，鋪上硫磺，到了三更天，直駛曹營。待曹操明白過來，爲時已晚。黃蓋的船一點上火，火趁風勢，風助火威，二十艘火船撞入水寨，曹軍的水寨頓時大火沖天。

甘寧帶領一軍，打著曹軍旗號，往曹操在烏林的糧庫放火。頓時水上、岸上大火連成一片，曹操在火陣中左突右闖，帶領著張遼等人往烏林狂奔而去。

前面在橋邊剩下來的清軍，退向葉爾羌城。可是無論怎麼退，還是在霍青桐的算計之中。城中居民早已事先撤離，在此等候的霍阿伊則依著妹子囑咐，只稍加抵抗，便率隊退出。從黑水河潰退下來的鑲黃旗兵，以及兆惠和其餘殘兵，正想喝喝水、喘口氣，不料井裡的水卻是有毒的。派人到城外取水，外面城中火光滿天。原來回疆富藏石油資源，身爲部族首領之女的霍青桐當然知道附近地理，只要在民房中貯藏石油，一點燃，全城就燒成一座大火爐。

兆惠在親兵擁衛下冒火突煙，奪路逃命，最後才由張召重率領一隊清兵趕到，把他救了出去。其餘清兵群龍無首，城中四門都被回人重兵堵住，最後盡皆燒死在這座大熔爐之中。

虛虛實實布迷陣

故善攻者，敵不知其所守。善守者，敵不知其所攻。

——《孫子兵法》〈虛實篇〉

《孫子兵法》中這一句話十分玄妙，他說，眞正善於進攻的，會厲害到使敵人不知道該從何守起；反過來說，善於防守到極致，會使敵人不知道該從何攻起。如果戰術可以微妙到這等境界，絕非神奇二字可以形容，當然，成爲敵人命運主宰就不足爲奇了。

《三國演義》中，諸葛亮出祁山伐魏，派馬謖和王平據守。但馬謖恃才傲物、剛愎自用，不顧諸葛亮事前的交待和王平的勸諫，恣意在山上紮營，以致讓司馬懿率軍包圍，斷絕水道。蜀軍街亭失守，破壞了諸葛亮的計畫部署。就在進退維艱的時候，飛馬又來報，說司馬懿領了十五萬大軍直往西城而來。此時，蜀軍易精銳之師都已調出，城中只剩下二千五百人馬。諸葛亮不得已之下，竟將計就計，一面令城門大開，命軍士扮作尋常百姓，灑掃街道。他自己則羽扇綸巾，帶了兩名琴童端坐城樓，焚香操琴。司馬懿兵臨城下，見到這般光景為計所惑，認為：「亮生平謹愼，不曾弄險。今城門大開，必有埋伏。」因而撤兵。

戰爭歷來是在兩個戰場上同時展開，前線人員的對決在這有形的戰場只是其中一端，但隱藏在有形戰爭背後的無形戰場，更是兵家不可忽略的重點。宣傳戰、心理戰、政治戰、外交戰等等的運用，從來都不比眞正戰場上的廝殺輕鬆多少。許多有形戰場上的你來我往，其實也多少揉合了無形戰的因子在其中。諸葛亮膾炙人口的「空城計」雖然沒有教霍青桐全盤移轉過來，但是霍青桐以少報多燒火堆的計謀，也是利用虛實擾亂對方軍心的一個風險應用。

除了「空城計」，《三國演義》還有另一個運用風險的例子。袁紹在官渡嘗到敗績，回到冀州重集兵馬，復得二、三十萬人，在倉亭下寨，要與曹操進行第二次決戰。第一場混戰各有勝負，程昱向曹操獻十面埋伏之計，背水為陣，假作劫寨之勢，引得袁紹五路兵馬全部出動，曹兵先退，退到河上之後，曹操大呼：「前無去路，諸軍何不死戰！」於是軍士們奮力回身向前與袁紹決一死戰，許褚一馬當先，力斬對方一餘將。曹軍越戰士氣越旺，袁軍則不支敗退。這就是「置之死地而後生」的運用。

人在遭遇強敵的時候，危機感會應運而生。當這種危機感在心中升起的時候，人又會很奇妙地生出一種力量企圖扭轉頹勢。所以人們常說：「危機就是轉機。」因為只有在這個時刻，一個人的潛能才能獲得淋漓盡致的發揮。所以不論個人或團體，縱使遭遇到了最艱辛的困境，也不要因此而懷憂喪志，而更應該拿出超於平常的鬥志，衝破難關，才能得到最後勝利。「生於憂患，死於安樂」的道理也就在這裡。

一般人在平順的日子中，通常不太會去思索生命的意義、價值等這些終極問題，今朝有酒今朝醉或許言之太過，但過一天算一天卻是凡夫俗子生命的常態。至於那些所謂大道理，反倒是在逆境和痛苦中才去追求。當然，一切都還要因時因事制宜，不是可全盤移植，否則只有畫虎不成反類犬。

回人連打三個大勝仗後，殲滅了清兵精兵三萬餘人。霍青桐這時傳集各隊隊長，讓各隊人馬到預定地點駐紮，叫他們到晚上每個人要燒十堆火，各堆火頭距離越遠越好。

另一邊，德鄂奉了兆惠的命令，務必追到回兵，一舉殲滅。於是清軍的正紅旗精兵一萬餘人在都統德鄂的率領之下，向西去追回人的黑旗第三隊。說也奇怪，追到一半，路旁忽然衝出數千頭牛羊來。清兵作戰本來消耗大量體力，看見肥美的食物，民以食爲天，哪裡想到又中了霍青桐的計，於是紛紛捕殺，飽餐了一頓。這一來不但追勢減緩，軍心也就此鬆懈下來。

回兵黑旗第三隊是精銳之師，跨下坐騎也都是特選的駿馬，很快和白旗一隊會合後，仍是繼續奔逃，就是始終不與清兵接仗。到了傍晚，遙見東邊狼煙升起，他們知道霍青桐那邊已打了勝仗，於是轉向東方。清兵見回人無緣無故回頭，雖覺奇怪，卻上前衝殺，想儘快殲滅。不過回人不予應戰，遠遠兜了過去。雙方人馬就這樣，一邊繼續跑，一邊繼續追。直馳到半夜，趕上了率領著三千多名殘兵敗卒、狼狽不堪的兆惠。

兆惠見正紅旗精兵開道，精神為之一振，下令向黑水河旁繼續挺進。行了二、三十里，前哨報知回軍在前紮營。兆惠與德鄂、張召重、和爾大等人登高一望，但見漫山遍野布滿了火堆，放眼望去，無窮無盡，不由得一股涼氣從心底直冒上來。隱隱又聽得人喧馬嘶，不知有多少回兵。他們可不知這是霍青桐虛張聲勢，由每名回兵燒十堆火的把戲。但既然認定了回軍數目遠超於己，氣勢上矮人一截，心裡上便算認輸。於是悄無聲息地撤退，不做沒有把握的衝鋒了。

回兵數目遠遜於清軍，那是先天不可改變的因素。但越是面對先天條件不好的情況，主帥越是要有應變的能力。如果想起己方的兵力不足就懷憂喪志，這場仗也就不必打了。所以主帥如果還想有從劣勢中反敗為勝的機會，就必須設計出一些讓對方意想不到的奇謀。

類似諸葛亮的「空城計」和霍青桐以少報多的燒火堆，便都是在不利的態勢中想要扭轉劣勢的非常措施。不可否認的，這其間包含著極大的風險，萬一被敵方識破計謀，那麼不但頃刻間的布置都將功虧一簣，第一線上的所有戰士也將遭到全軍覆沒的命運。職是之故，愈是遇到類似狀況時，一定要愈能「處變不驚」。這也是一種心理戰的發揮。

從這個例子中，霍青桐過人的膽識和洞悉敵軍心理素質的眼光已不待說明。然而在她大膽決定採用這種帶有風險性質的謀略背後，她對己彼雙方態勢的瞭解更是不可或缺的智慧判斷，否則，若對雙方的優劣長短沒有十足的把握便冒然涉險，那就只能歸類於暴虎馮河的血氣之勇了。

這一段，不消說，正是赤壁之戰的精彩之處。

話說曹操打了敗仗，逃到烏林，見那裡山勢險要、樹林茂密，忽然仰天大笑起來說：「我不笑別人，只笑周瑜、諸葛亮畢竟不懂計謀。若先在這裡埋伏一軍，那就厲害了。」語音未落，趙雲率軍殺出，曹操嚇得幾乎從馬上跌了下來。

曹操叫手下徐晃、張郃慌忙擋住趙雲，自己則抽身逃走。逃到葫蘆口，兵將餓得肚子發慌，馬也走不動了。曹操令人埋鍋燒飯，自己又大笑起來說：「周瑜、諸葛亮到底沒有計謀，要是在這裡也埋伏一隊人馬，那我們還逃得了？」話剛說完，張飛便率兵殺了出來。

曹兵見了張飛，個個膽寒。許褚飛馬來戰張飛，張遼、徐晃也上前夾攻，曹操乘機逃走。到了十字路口，探路的軍士向曹操請示方向。曹操聽說大路平坦沒有什麼動靜，小路有幾處冒煙，道路難走，難以埋伏。曹操便傳令「走小路」。

走了半天，路漸平坦，曹操又哈哈大笑起來，部將知曹操又是在笑諸葛亮、周瑜無謀。話剛出口，只聽一聲炮響，關羽領兵攔住了去路。

眾將人困馬乏，不能再戰，謀士程昱建議曹操親自去向關羽求情，也許能放曹操人馬過去。曹操一想也只有這個辦法，便硬著頭皮去求關羽。關羽見曹軍個個衣甲不全，渾身泥漿，淚流滿面，心中不忍，長嘆一聲，轉過身子把他們放走了。

關羽猛然記起軍令，忙又勒馬回頭，大喝一聲：「你們往哪裡走！」曹軍一聽，嚇得滾下馬鞍，伏在地上哭拜。關羽到底重義氣，便放了曹軍。

曹操走出華容道，待曹仁趕來接援時，只剩二十七騎了。曹操放聲大哭，衆將問曹操在逃難時笑，此時為什麼反哭了呢？曹操擦眼淚說：「我是哭郭嘉，如果郭嘉不死，絕不使我有此大敗。」衆謀士覺得很羞愧，紅著臉不出聲。

關羽放走曹操回營，諸葛亮令武士拿下關羽，推出斬首。劉備親自向軍師求情，說關羽以前立過不少大功，請軍師饒了他這次。諸葛亮只好從寬發落關羽，免他一死。

不同的是，霍青桐和兆惠之間沒有恩義問題，不必顧慮是否該饒他一死，只不過兆惠氣數未盡，命不該絕，暫時只得讓他脫困了去。至於兆惠的大限那一天，就由書中後續發展去安排了。

訴諸聖戰天佑我

無論戰爭中武器配備多麼發達、軍力兵種的成員多麼充足，民心士氣仍然是用來擊潰敵人的一大法寶，而在這之前做好輿論宣傳工作，讓戰爭的意義訴諸到神聖的層次，是團結一切力量不可或缺的運用。

劉備取漢中之後，人心大悅，諸將皆有推尊劉備爲帝之意，經過一番謀劃，由諸葛亮和法正代表付諸實施。開始勸進時，他們號人堂堂正正的大題目，無非是「應天順人」、「名正言順」之類大道理爲由。劉備一開始雖然有所推託，說此事非臣子所爲，可是諸葛亮一席話卻改變了劉備的初衷。諸葛亮要「復興漢室」、「北定中原」。

諸葛亮的力量泉源來自一個正當的信念：復興漢室，攘除奸凶。他告訴自己和屬下，他們所從事的志業是正義的。他獻身事業，除了報劉備對他的知遇之恩，「鞠躬盡瘁，死而後已」的背後則是正義之師的大纛。《三國演義》不但把正義許給蜀漢，也把劉備塑造成一代仁君的形象，藉以強化手下的信念。

信念的凝聚，對一個團體的成員有很重要的激勵作用。尤其對一個族群來說，這場戰爭究竟是爲何而戰？爲誰而戰？征戰的意義何在？這都是身爲將領的人必須在戰前對部屬宣導的。既然最後選擇了作戰，而作戰又必然以求取勝利爲目的，隨之而來的便要有增進士兵愛國信念、認識敵人、鼓舞士氣之類的相關措施。這其間所採取方法手段或有不同，但是目標則相當一致，也就是訓練一支意識明確、士氣高昂、戰志堅強的軍隊。

有了偉大的目標和信念，民心被激發，對這些體認自己義赴戰場的勇士來說，即使犧牲全部的生命也不以爲苦。一旦聖戰旗幟高舉，領導人不要忘了適時再帶動熱烈的氣氛，讓部屬爲這個目標奮戰不懈。反過來說，如果沒有明確的目標，屬下的信念無法凝聚，一盤散沙，就會「不知爲何而戰」了。

在天山腳下長大的霍青桐從她未出娘胎之前就註定了這往後的一生必然要成爲伊斯蘭教的子民，而作爲部族首領的女兒，部族的興盛衰亡也都和她的生存榮辱休戚與共。霍青桐這一趟出門，爲的便是奪回族中聖物《可蘭經》。陸菲青跟蹤她到商隊帳篷紮營處，偷眼望去，看到的是霍青桐和族人歃血宣誓、莊嚴肅穆誓死爲《可蘭經》而戰的一幕。

《可蘭經》第四章第六十七節裡說道：「有志之士，讓他們爲上帝而戰，以此世今生的生命，換取未來的生命。不論死亡或勝利，凡爲神而戰的人將要得到最高的酬報。」

從回人一開始到關內來奪取《可蘭經》，到為救陳家洛和香香公主出兵前的誓師，及至黑水河之戰前，木卓倫把令旗令箭交給霍青桐，都讓人看到了一幕又一幕回人根深蒂固為其神聖使命展現令人動容的莊嚴。

霍青桐跪下接過，再向眞神阿拉禱告，然後站起身來，道：「爹，那麼你和哥哥也得聽我號令。」木卓倫道：「只要你把人救出，打垮清兵，要我幹什麼都成。」霍青桐道：「好，一言為定。」和父親走出帳外，各隊隊長已排成兩列等候。

木卓倫向衆戰士叫道：「咱們今日要和滿洲兵決一死戰，這一仗由霍青桐姑娘發施號令。」衆戰士舉起馬刀，高聲叫道：「願眞神護佑翠羽黃衫，願眞神領著咱們得到勝利。」

當然，這種聖戰的信念是不僅是身為主帥的霍青桐和她家人才有，而是平時就普遍存在族人心中，只是戰時得要把它拿出來提醒以激勵士氣，如果打了勝仗，更要言之鑿鑿地強化一番，士兵也將更相信戰爭的神聖性。這一役大勝之後，木卓倫各處巡視，聽到四營都在誇獎霍青桐神機妙算。

走到一處，見數百名戰士圍著一位阿訇，聽他講話。那阿訇道：「穆聖遷居到麥地那的第二年，墨克人來攻。敵人有戰士九百五十人，戰馬一百匹，駱駝七百頭，個個武裝齊全。穆聖部下只有戰士三百十三人，戰馬兩隊，駱駝七八十頭，甲六副。敵人強過三倍，但穆聖終於擊敗了敵人。」一名少年叫道：「咱們這次也是以少勝多。」阿訇道：「不錯，霍青桐姑娘依循穆聖遺教，領著咱們打勝仗，願眞主保佑她。《可蘭經》第三章中說：「在交戰的兩軍之中，這一軍是爲主道而戰的，那一軍是不信道的，眼見那一軍有自己的兩倍。阿拉卻用他的佑護，扶助他所喜愛的人。」」衆戰士歡聲雷動，齊聲大叫：「眞主保佑翠羽黃衫，她領著咱們打勝仗。」

一手執劍，一手拿《可蘭經》的刻板印象總讓世人誤會伊斯蘭教是一個好戰的宗教。然而訴諸《可蘭經》，卻發現其中不乏從平等的原則出發的訓示，和以和平爲處世之本的教理。《可蘭經》明確要求穆斯林和平處世，不要紛爭，經文中甚且反對侵略戰爭或強權壓迫。至於世界上許多和伊斯蘭教有關的紛爭，對該教教徒來說，應該是爲了維護和平、反對戰爭而容許進行正義的戰爭的表現了。《可蘭經》第八章六十一節說：「你們當爲主道而抵抗進攻你們的人，你們不要過分，因爲眞主不喜歡過分的人。」

本書〈人生觀〉一章中將再次說明，「伊斯蘭」的字義就是順從天命，此乃進趨和平的先決條件；「穆斯林」一詞若當形容詞用時，即「和平」之意。所以《可蘭經》中有禁止強迫信教的明令，只可勸善不可強求。「和平」事實上就是伊斯蘭教的本質、意義、標誌和目的。而和平就是「自由與平等」的眞諦。

從這段教義推演，伊斯蘭教是爲了維護世界和平，要求善待其他民族，反對民族歧視和仇視，反對侵略的。更積極地說，也可以解釋成他們主張維護世界和平，保障各民族平等的權益。穆罕默德曾說：「誰傷害異民族，誰就是與我爲敵。」以這等強烈的口吻譴責侵略行爲，算是明確地否定了狹隘的民族主義、宗教主義與民族仇視。

穆罕默德還曾對信衆說：「我去世後，你們不要背教而轉向互鬥互殺，應和平相愛相處。」單從伊斯蘭教的聖訓來看，他們主張和平，反對脅迫與侵略主義的教理迨無疑義。但為了避免與反抗壓迫與不平等的武力，伊斯蘭教主張應備戰而不主戰，以消弭戰爭、保障和平。既不以武力為目標，亦不主張以武力進行侵略，那麼就應該更反對以武力要脅對方接受自己的觀念，而以溝通等和平方式，運用智慧去解決紛爭才對。

面對人為施加的壓迫與不平等待遇，像是清廷為了擴張版圖而無所不用其極地侵略呢？伊斯蘭教絕不容穆斯林或他方的侵略行為，也不贊同帶有侵略意味的戰爭，甚或引發侵略戰爭的動機。《可蘭經》教人不得先對他人產生敵意，不得進行侵略，亦不得侵害他人的權利。而戰爭如源自地域性甚或個人恩怨，侵略就是侵略，不論它是發自或是對付穆斯林，而伊斯蘭教對於侵略所持的立場與態度，也是不能改變的。因此，如果戰爭當中有侵略行為，是不符合伊斯蘭教教義的。這時的伊斯蘭教民便認為抗戰既合法且正義，也是保障平等生存的義務。更進一步來說，迫害比殺戮更為殘酷。殺戮可以一了百了，伊斯蘭的子民死後也得以進入阿拉的國度，可是壓迫，卻可能是滅種滅族的危機，更是對伊斯蘭的污辱。面對壓迫，《可蘭經》雖然教人最好先行忍耐，但允許以其人之道還治其人之身。總之，戰爭並不是伊斯蘭教的慣用目標，也不是穆斯林的正常行爲方式，只有在其他一切辦法均告失敗之後的特殊情況下才使用，它是以達到停戰爲原則。

戰爭是人類生活中的一項殘酷的事實。爲了消弭野心分子掀起更多風暴，《可蘭經》要求穆斯林積極維護正義，進而邁向世界大同。《可蘭經》上明確指出：「只要這個世界上存在有不公平、壓迫、凶殘的野心，以及專制的暴政，則不管人們是否想要戰爭，戰爭仍是爲求生存所必須，也是生活中的一項不可避免的事實。」實際上，時至今日，世界上許多情勢動盪的地區，人們也還是在恐懼和緊張氣氛的籠罩下度日。世人往往爲維護或增進一方利益，就以武力侵略他方。因此，基於積極地維護和平，堅持正義，伊斯蘭教認爲爲了自衛，爲了討回公道，爲了自由與和平、對抗侵略、脅迫而進行戰爭絕對是合法而且正義之舉。

不過話又說回來，伊斯蘭的戰爭終究是爲了制止戰爭而採取的一項手段，而不是正常的行爲方式，它只是一種最終的方式。伊斯蘭教不僅不贊同侵略，對於戰爭的範圍亦主張應予局限至最小程度。對於戰爭的規模，《可蘭經》甚至多處規範人們應控制戰爭的程度和範圍，亦不得處置過當，尤其不得濫殺。如不主張以摧毀農作物、牲口、家庭等等作爲戰爭的目標。既不允許殺害無戰鬥能力的老弱婦孺，亦不容許對戰俘施以酷刑，以及對戰敗者強行灌輸觀念。

人類紛爭中，源於意識型態不同之紛爭最難化解，尤以政治、宗教方面爲甚，而更應以和平與理性的方式處理。《可蘭經》上規定穆斯林應善加思考與溝通，以最和平的方式宣教：「你當用智慧與善勸，導至主的道路；你當用最好的態度與他們辯論。」（十六章一廿五節）因此，伊斯蘭教是崇尚和平與理性的世界性宗教，教人以智慧與溝通處理不同的意見或紛爭。

因勢利導兵之道

故善戰者，求之於勢，不責於人，故能擇人而任勢。任勢者，其戰人也，如轉木石。木石之性，安則靜，危則動，方則止，圓則行。故善戰人之勢，如

轉圓石於千仞之山者，勢也。（《孫子兵法》〈勢篇〉）

總歸來說，善於作戰的人，總是追求有利的勢態而不苛求部屬，因此能選擇人才，利用勢態。善於利用勢態的人，指揮將士作戰，就像轉動木頭或石頭。木頭和石頭的特性是，放在安穩的地方就靜，放在危險的地方就動，方的就不動，圓的就滾動。因此善於作戰的人所利用的勢態，就像在八千尺高的山上把圓石推滾下來一樣，這就是勢。

其實因勢利導的例子俯拾皆是，武當功夫四兩撥千金的要訣、陳家洛從《莊子》悟出的庖丁解牛掌，都可說是勢的利用。只不過用在戰場上，格局不同，發揮的效果也就大異其趣。這一路下來，霍青桐無論是利用兆惠對回疆地形的不熟悉，對回部用計的錯估，都是順著事情得以簡易發展的步調，而不是蠻幹強求，逆攖其鋒。這一場勝利絕對不是偶然，而是霍青桐集結了前人的智慧，加上自己用心的評估和判斷，才能在兵不多、將不廣的情況下將兆惠的大軍打得一敗塗地。

如果說霍青桐的領軍能力有任何可供學習之處，那絕不是學她聽聽《三國》

的故事就可以在下一次戰爭中將敵人的重兵推到葬身之地，也不是回頭讀幾遍《孫子兵法》就知道什麼叫用兵之道。自我的訓練、加強反省，才能使自己提升到更高的層次，面對大事也才能將平時累積的無形財富發揮到極致。

霍青桐的人生哲學

人生觀篇

宗教情懷澤被蒼生

廣義的宗教在遠古時代就已經伴隨著人類的祖先而來到這世界上。由於對許多不可知的事物及未來的恐懼，人們於是把可能的解釋寄託在對大自然，像是日月星晨、山川河流、飛禽走獸、花木蟲魚的崇拜上，也發展出造物主和末日審判等宗教觀念。自有史以來的宗教，也已和人類結下了數千年的淵源。如今，各大宗教除了探討生從何來，死到何去的問題以外，也開始教導人們如何去看待這現世人生。畢竟，人生歲月再長也鮮少滿百，幾十年的光陰在歷史的長河裡也不過是過眼雲煙，王侯將相、富貴榮華在百年後都只剩春夢一場。人有悲歡離合，月有陰晴圓缺，這些缺憾和悲喜的循環，是任位再高、權再重的人都不能倖免，也是千金無法換得的。爲了在有限的生命裡活得更有意義，許多人們便需要藉助宗教這一盞明燈，指引著他作無限的追尋。

積極的宗教不該只是爲了逃避現實、災難的避風港，也不是盲目地尋求神祈的庇佑。如果一個號稱有宗教信仰的人，生活中卻不能受到他所信仰的宗教理念、禮儀、規範的影響，在性靈上有所提升，也不能把他的宗教情懷轉換成對這世界的關愛，而只是一味尋求賄賂式的福德，叫所有的名利財富無端從天而降，甚至蔭及子孫，或是消災解厄，祈求厄運快快轉嫁到別人身上，那顯然對宗教信仰理念不夠徹底瞭解，充其量只能號稱是等而下之的神祇崇拜而已。

宗教信仰應該是一種積極的生活態度，信仰它的人，可以藉著宗教所指引的眞理，應用到日常生活上來，不僅讓自己活得更踏實，也讓生命的價値觀提升到更高一層的境界，讓這渺小的生命之體能發揮他的光亮。到了生命終了的時候，也覺得生命的意義足夠，而能無所畏懼地面對生死，平平安安地等待所信仰者的接引。

不管是心理的投射也好，或者是對生死的畏懼也罷。宗教可以是理性的，也可以是非理性的，當然，兩者並存也時有所見。宗教哲學家常探討宗教與道德二者的關係，像是康德就認爲人是理性的，人的理性表現就是道德表現，道德的實踐才是宗教的核心，不道德的事根本不是宗教。縱然這世界上還有許多人都停留在信仰靈異的階段，還是有一些深具宗教關懷的人努力地在道德人品上力求提升，以期不斷地超越自我。

阿拉為神穆聖為先

《書劍》中霍青桐及其族人所信奉的宗教為伊斯蘭教。伊斯蘭教是世界著名的三大宗教（基督教、佛教和伊斯蘭教）之一，創立於西元六〇一年，以眞神阿拉為宇宙間唯一的主宰，奉《可蘭經》為其聖典，先知穆罕默德則是眞主派遣來這個塵世的使者。穆罕默德於西元五七一年生於麥加，據傳阿拉創造穆罕默德於一切聖人之前，而差遣於一切聖人之後。因此，他是最後的一位聖人。《可蘭經》裡面就說：「穆罕默德不是你們哪一個人的父親，而是阿拉的使者，是一切聖人的封印者。」（第卅三章四〇節）

穆罕默德少年時便父母雙亡，因此依賴祖父、叔叔生活，和其他阿拉伯半島上的居民一樣，在駱駝和羊群中成長。由於阿拉伯半島向來是多種宗教爭鳴的地區，原先他也接觸過其他宗教，但到了四十歲那一年，穆罕默德說他身上常常發生一些異兆，並且可以感受到天使頒降啓示，自此他便宣稱奉阿拉的旨意開始傳播伊斯蘭教。由於穆罕默德傳播的新教義攻擊舊有的偶像崇拜，破壞了麥加人原有的信仰，令麥加人十分驚懼，一開始的時候曾經積烈地反對，於是他潛奔至距離麥加三百二十公里以外的麥地那。幸運的是，那兒的居民相信他是神的使者，也接受他的教理，於是他就在那兒制定各種典章制度，整軍經武，建築世界上第一座清眞寺。穆罕默德逃亡的那一年對於回教徒來說是一個具有劃時代的紀元，因此，他們就把那一年，也就是西元六二二年，定作回曆元年的開始。

穆罕默德創立回教的前後，阿拉伯半島正處於奴隸制社會向封建社會的轉變期。貴族和地主占有大批奴隸和一切生產物質，包括牛、羊、駱駝和牧場等。這些財大勢大的剝削階級各自成爲一個部落，稱霸一方，對內的壓迫、剝削奴隸不在言外，對外更是爭奪搶掠以擴張自己的勢力範圍。部落間的情況如此，再加上外來的侵略勢力不斷，半島戰爭烽火連綿不斷，由葉門到敘利亞的通商管道受阻，奴隸生活更加痛苦不堪。即使尋常人家的老百姓們也是民不聊生，怨聲載道。意識形勢方面，更是紛亂不整。兩千年前的阿拉伯半島拜物教盛行，日、月、星辰都成爲了崇拜的對象。致使當時的社會可說出現了嚴重的思想混亂，道德風尙也極端敗壞。因此，人人渴望和平、安定和團結。

伊斯蘭教就是在這樣的社會狀況下復興的。按伊斯蘭教的觀點，穆罕默德其實是伊斯蘭教的復興者，而不是創始人。所謂復興，是因爲在漫長的歷史中，伊斯蘭教發展到西元四〇年之後中斷了五百多年，直到穆罕默德這位聖者出現，重新舉起了伊斯蘭教的旗幟，使這個古老的宗教得以復興。

「伊斯蘭教」這個名稱源自於《可蘭經》第五章第三節：「我喜歡伊斯蘭作爲你們的宗教。」又如第三章第十九節：「的確阿拉的宗教就是伊斯蘭。」「伊斯蘭」一詞是阿拉伯語的音譯，原詞是來自阿拉伯字「賽拉目」的譯音，含有歸順、潔淨、服從及和平的意思。在中國，由於回族人民多半信仰伊斯蘭教，加上回族的形成也與伊斯蘭教有相當大的關係，因此伊斯蘭教也俗稱回教。「穆斯林」則是指甘心情願信奉阿拉乃至高至尊者的人，他們不單在日常生活中實踐阿拉的訓示，並努力建立能夠表達阿拉旨意的社會制度。

根據《可蘭經》的經義，天地終究要有毀滅的一天，而人生又是如此有限，今生只不過是後世的耕耘場所，後世才是終極的歸宿，因此每個人都將在生命終了之後接受審判，審判的根據便是自己生前的行爲來賞善罰惡。行善的人將受賞進入天堂，而做惡的人則受罰進入火獄。

伊斯蘭教教徒相信萬事萬物都由阿拉事前安排，一切事物都會根據阿拉的意旨在預定時間內陸續發生，大自然的各種現象亦均爲眞主所創造。《可蘭經》中關於阿拉創造宇宙的經句不勝枚舉，如「主爲你們而安排了晝夜與日月及群星，這全是在主的命令下安排著。」（《可蘭經》十六章十二節）、「更造化了各種標記使人們藉著星辰得以指引。」（十六章十六節）、「主以慈憫驅動著預告降雨的風，待風駕著雲來到死寂之城，於是我使它降下雨水使城復活，生出各種果實，你們應該以此引以省思。」（第七章五七節）

值得注意的是，雖然萬事前定，阿拉卻賦予人類意志和行爲的自由。是故，人們必須承擔自己行爲的責任，而不能將一切所作所爲完全歸因於天命。在這樣的前提下，善惡的作爲才有意義，人也才會努力去做爲阿拉所喜的善行。

《可蘭經》的特色在於原理與方法並重。伊斯蘭教講求的是知行合一，因此，《可蘭經》中有利文明發展的部分，除了基本原理的說明外，也教人具體實踐的方法。伊斯蘭思想首先教人進行研究、追求知識；同時鼓勵人們以討論，甚至辯論的方式，追求眞理、傳播知識。《可蘭經》最先降世的經文，就是要人追求知識，並含蓄地說明「讀」、「寫」是人類進步的必經之途。穆罕默德的訓諭更說明了伊斯蘭教對於追求知識要求：「求學是穆斯林男女的天職」。《可蘭經》教人要觀察天地萬象，參悟萬物共生的道理，不斷督促人們應勤於用腦進行「思考」。觀察、思考與參悟才是累積知識的原動力。這也就是我們今天在各地進行學術研究與應用研究的具體方法；其次，伊斯蘭教教義將人置於一個開放的架構上，要求尊重個人的自由意志，給予了學術發展的最佳環境。《可蘭經》給人的啓示與滋養，對於文明的發展，就如同養分、陽光、與大氣環境對於萬物的生長。

伊斯蘭教要求人們信仰並服從阿拉，從心靈深處信仰阿拉的存在和偉大，同時要求在行爲上要表現出服從阿拉的意志，力行一定的宗教功修，把信仰和行為的實踐結合起來，達到增強信仰、鞏固信仰的目的。在聖訓中把這些功修稱為信仰賴以建立的基礎，也稱為「伊斯蘭的主道五功」。

以下簡述五功對穆斯林生活的規範和關係：

證信——每位穆斯林都要為自己的信念作這樣的誓證：「我謹作證萬物非主，唯有眞主；穆罕默德，是主差使。」這是穆斯林心存阿拉誓皈信的一種方式，入教時必須宣誓，但不是僅此一次口頭誓誦便可。尙且必須經常誦讀，以期時時提醒自己，表示對自己信仰的重新肯定和加深。念的時候必須「誦其辭、知其義、信其理」，也就是要深入義理，而不是有口無心地交差了事。

禮拜——這是穆斯林身體力行的主要功修之一。穆斯林每天都要向他們的眞主行五次禮拜，透過對眞主的禮拜，增強對阿拉的信念，並要使得信仰和生活融會結合，提高穆斯林的道德觀念。依照穆斯林的說法，禮拜可以使心靈潔淨，避免惡念的產生。《可蘭經》當然也多次強調拜功對穆斯林的重要意義，如「拜功對於信士，確是定時的義務。」（第四章一〇三節）、「拜功確能止醜事和罪惡。」（第廿九章四十五節）

齋戒——回曆每年的第九個月，是穆斯林的齋戒月。在這一整個月當中，穆斯林都要遵守齋戒的規條，每天由日出至日落的這一段時間內禁戒飲食、房事及邪慾。齋戒的目的是要鍛鍊穆斯林注重互愛、誠懇和專注的處事態度，同時培養穆斯林的社會良知、忍耐、無私和意志。不過齋戒並不如人們想像的那般嚴苛，對於那些實行封齋有困難的人，可以有彈性的變通辦法，如病患、年邁者、孕婦以及出門旅行者，因爲實施不便可以暫免，等方便時再補回，或是濟貧施捨也可。

捐課——是伊斯蘭教對占有一定財力的穆斯林規定的一種功修。伊斯蘭教認爲，財富是阿拉所賜，富裕者有義務從自己所擁有的財富中，拿出一定的金額，用於濟貧和慈善事業。營運方面生息所得的金銀或貨幣每年將抽取百分之二點五，農產品則抽百分之十；各類放牧的牲畜各有不同的比例。捐課的用途，《可蘭經》有明確的規定，但是隨著社會經濟的變化，捐課也有因時、因地制宜的彈性，所以捐課的用途在各國或各地區並不完全相同。

朝覲——這應該是爲世人所熟知的一項大事，每位能力所及的穆斯林一生中必須到聖城麥加的天房朝覲至少一次。若是在回教教曆的每年十二月八至十日法定的日期內朝覲，稱爲「正朝」，在此時間外去瞻仰麥加天房則爲「副朝」。所謂「朝覲」通常指的是「正朝」。凡是身體健康，有足夠財力的穆斯林在路途平安的情況下，一生中到聖地麥加朝覲一次是必盡的義務，條件不足者則沒有這個義務。

除了這五種修功之外，伊斯蘭教還有六個很重要的基本信仰，那就是：

阿拉爲宇宙唯一的主宰——阿拉既無夥伴、無對手，也沒有子嗣。阿拉具有絕對完美的德性，永存不滅。祂創造了宇宙萬物、日月星辰的運行、晝夜的循環、風雲雷雨的發生、蟲魚鳥獸的生長，至人類的生育、繁殖和人生的富貴貧賤及生死禍福等，都是阿拉的意志所決定。

信仰天使——天使是阿拉用光創造的妙體，他們純清無染，守正不偏，專事執行阿拉的命令。天使的數目繁多，並且各司其職，有的贊頌阿拉的高超，有的傳達阿拉的啓示，有的記錄人們的善惡言行，有的吹奏末日號角、管理天堂及火獄等。

信仰先知——相信阿拉在不同時代在各民族中特造作爲使者或先知的人，勸告人們趨善避惡，信仰一神。這些使者同樣也是有生有死的普通人，不同的是他們在阿拉的指引下，接受啓示，顯示奇蹟。穆罕默德則是集衆先知大成的最後一位。

信仰啓示——即阿拉默授於他所選派的先知啓示，其彙集被稱爲經典或天示錄。信仰經典，也就是相信它的神聖性，同時要遵守當中的戒律。《可蘭經》則是阿拉一系列啓示中的最後一部，它有證明和代替在它之前的一切經典的作用。

信仰末日——《可蘭經》認爲天地終有毀滅的一天，人類生命又十分有限，今生只不過是後世的耕耘場所，後世才是人們最終的歸宿。因此，一切原來有生命的東西都將死而復生，接受最後的審判，每個人將根據自己生前的行爲得到賞罰。受賞者得以進入天堂，受罰者則將進入火獄。

信仰前定——相信阿拉在萬有之前預定萬事萬物，這些事物根據阿拉的意欲會在預定的時間內，以特有的形式按預定數量陸續發生。同時承認，人類有意志和行爲的自由，阿拉的前定是絕對的，人的自由是相對的。善行爲阿拉所喜，惡行爲阿拉所惡。因此，人要承擔自己行爲的責任，而不能完全聽天由命。

除此之外，伊斯蘭教也重視子女孝親、夫婦敬愛、兄弟寬恕、朋友有信、敬長育幼、禁止邪淫等普世倫理道德觀念，《可蘭經》第二章一百七十七節中提到：

> 你們把自己的臉轉向東方或西方，都不是正義。正義是信真主、末日、天使、天經、列聖，並因愛真主而把財產施濟親戚、孤兒、貧民、旅客、乞丐和贖取奴隸，並謹守拜功，完納天課，履行約言，忍受窮困、患難和戰爭。這等人，確是忠貞的；這等人，確是敬畏的。

霍青桐既是伊斯蘭教的信仰者，對這五功和六大基本信仰的遵守迨無疑問。早在木卓倫率眾東來奪經之前，他們已在大漠召開過大會，立誓就算是埋骨關內，也要教聖書物歸原主。到了書中〈第一回〉裡霍青桐出現不久後陸菲青跟蹤她到帳篷之時所見，則是晚禱之前的重申前誓。到了〈第二回〉，紅花會幾位兄弟於白天幫忙奪經，卻發現經書早已被掉包後，陳家洛和徐天宏於晚上設計，讓周綺參上一腳，從錢正倫手裡奪回。木卓倫得到好消息，喜出望外，雙手接過，霍阿伊、霍青桐和眾回人也都擁進帳來，先對徐、陳、周三人叉手撫胸，俯首致敬。接著木卓倫打開經書，高聲誦讀：「奉仁慈的阿拉之名，一切贊頌，全歸阿拉，全世界的主，至仁至慈的主，報應日的君主。我們只崇拜你，只求你佑助，求你引導我們上正路，你所佑助者的路，不是受譴責者的路，也不是迷誤者的路。」隨後眾回人亦伏地虔誠祈禱，感謝眞神阿拉。霍青桐在黑水河一役前，從木卓倫手中接過令旗令箭，亦不忘跪下接過，再向眞神阿拉禱告。眾戰士則是舉起馬刀，高聲叫道：「願眞神護佑翠羽黃衫，願眞神領著咱們得到勝利。」

對於霍青桐來說，伊斯蘭信仰使她的生命意義更積極地發揮，當事情在眼前等著她處理的時候，她知道那是她的使命，而阿拉的命令讓她心志更堅強，也讓她放手一搏的時候更有力量。當磨難橫亙之時，眞主的全知全能又是她的安慰，因爲她自己知道那無愧於心的坦蕩，必然得到眞主的諒解，阿拉也將適時給予她庇佑。

在木卓倫誤會她不願發兵去救陳家洛等人時，她的心情沮喪到極點。心中無私的霍青桐只能向她的眞神告解。這是她心靈的告慰之處。人間是殘缺的，即使父母子女之間也難免有誤會、有不公正、有陰霾，但是偉大的神可以洞察一切眞理和事實。這個信念深植在她的心中，成爲支持她的力量。可親可敬的霍青桐，在這個時候求的不僅是讓她打一場漂漂亮亮的勝仗，她纖細多情的內心深處，更希望父親和妹妹能平安歸來，也祈求上蒼讓陳家洛和喀絲麗能永遠相愛。這種成全他人的情懷，不僅說明她個性中光明磊落的一面，更是把生活的每一個細節中，都深深地滲透了宗教精神的表徵。於是，日常的世俗生活和世俗事務有了信仰的意義，文化信仰也可與現實塵世生活交融。

天生男女不論高低

就國人對於回教世界的初步印象來說，他們的男女關係看似十分不平等，一男可配四女的夫妻制度也讓人感覺女性的角色僅能居於次等甚或附庸地位。而回教婦女戴頭巾的典型服飾，似乎又證實了女性與外界隔絕。如果這樣的前提成立，那麼霍青桐在男性世界裡的傑出表現，除了將之歸因於該部族民風的開放，或是江湖豪傑的不拘禮俗以外，幾乎只能朝向「異類」的方向解釋。

關於回教婦女地位究竟是落後抑或保守，回教界人士與非回教人的看法迥異。綜合兩極的說法，衣著嚴謹其實也未始不是一個尊重身體的表現，而不必然朝向落後的方向解釋。在進入二十一世紀的今天，在媒體的鼓動之下，致使少年男女生下以裸露為尚，說這是勇於表現自我，是回歸自然的解放。世界上的事多有一體兩面，雖然有人把這種裸露的風潮鼓吹成個人自主的標榜，在某些人眼中，卻未始不換個角度說是對自己身體權利的一種輕忽。

《可蘭經》第四章第一節提到：

> 眾人啊！你們當敬畏你們的主，他從一個人創造你們，他把那個人的配偶造成與他同類的，並且從他們倆創造許多男人和女人。

從這一句話看來，《可蘭經》已經從人類起源史上說明，男子和女子的生命價值完全平等，阿拉既然創造出人們的父親，也創造出人們的母親。他們源出同類，那麼隨生命而來的生存權以及將來的歸宿也都不應該有分別。因此，男子可以享有的榮譽，女子也同樣可以享有；男子所應該受到的尊重，女子也不該因為莫須有的理由而遭到犧牲。從這個基調來看，男子和女子的地位平等已經有了根本的立論基礎。

從當代的性別觀而言，無論男性或者女性，他們在社會生活中所扮演的角色，都應該充分肯定雙方的平等地位。不管從哪種角度切入，在現實的生活中，儘管兩性在先天上有具體的差異，兩性之間的地位卻不該有因歧視而引起差異。男女之間於自然造化間的差別是不可否認的事實，諸如體格構造的不同，以及因此而導致在實際生活中作用的區別，可以在人類的分工社會中有著更好的發揮。如果這樣的前提可以被肯定，《可蘭經》對於男女的善行所得的報應、男女在獲取物質需要方面的權利等，都做了比較表現平等的規定。在善行方面，不論是男是女，只要他們在社會生活中做了一些有益的善舉，對他們的回賜都是相同的。

關於這個面向，《可蘭經》給他們的信念是毋庸置疑的，如「我絕不使你們中任何一行善者徒勞無酬，無論他是男的，還是女的，我必使他們進那下臨諸河的樂園。」（第三章一百九十五節），又如「服從的男子與服從的女子，歸信的男子與歸信的女子，遵命的男子與遵命的女子，眞實的男子與眞實的女子，忍耐的男子與忍耐的女子，謙虛的男子與謙虛的女子，施捨的男子與施捨的女子，封齋的男子與封齋的女子，貞潔的男子與貞潔的女子，多紀念阿拉的男子與多紀念阿拉的女子，眞主已爲他們預備了赦宥和重大的報酬。」（第卅三章卅五節）廣義地說，只要奉行伊斯蘭教規和原則，穆斯林都會因爲他們所做出的努力而獲得回報。

伊斯蘭教歷史上第一位信奉其教義的婦女是穆罕默德的妻子哈宜霞，她原來是穆罕默德在麥加投身爲庸時的富商之妻，後來這位富孀又成爲穆罕默德的妻子，並且在穆罕默德遭受打擊那段時間給予他很大的安慰和鼓勵。最爲人津津樂道的則是她的智慧和超人的記憶力，由於她天賦的這些特質，使人們認爲她是傳遞伊斯蘭聖訓的一個最可靠的來源。據說經她傳述而來的伊斯蘭聖訓多至超過一千段，被認爲是傳授該教聖訓最偉大導師的其中之一。

由哈宜霞的例子可以看出，伊斯蘭的婦女還是可以在智慧上和男子平起平坐，她的才能不但不因爲男女先天體質上的不同而被埋沒，而且有的充分發揮的空間。這也就是之前所提男女在社會生活中所扮演的角色將因適才適所而分工的一個範例，哈宜霞的傑出表現，又豈會讓塵世中的男女可以因爲性別差異而蔑視其中任何一方呢？

基於這樣的認識，那麼霍青桐在《書劍》裡不讓鬚眉的一切，便都可以得到理解。偎郎大會中途，滿清使者奉了兆惠之命來下戰書，說要是他們識得時務，及早投降，兆惠便可以饒他們性命，否則兩軍就在第三天清晨決戰，並恐嚇回人屆時若是全體誅滅，不要後悔。使者帶來的忽倫兄弟四人隨後把繫在一株白楊樹上的駱駝弄死，木卓倫十分不滿，雙方吵了起來。

木卓倫喝止眾人，說道：「你是使者，卻命隨從弄死我們牲口，實是無禮已極，你若不是賓客，絕容你不得。你快走吧。」那使者傲然道：「我們堂堂滿洲人，難道會怕你們這種沒用的東西？你有回信，就交我帶去，諒你們也沒人敢去見兆惠將軍。」此言一出，眾回人又都叫嚷呼叱。

霍青桐突然站起，說道：「你說我們不敢去見兆惠將軍，哼，我們這裡個個人都敢去，別說男人，女人也敢去。」那使者一怔，仰天大笑，叫道：「女人？女人見到我們大軍不嚇死才怪呢！」霍青桐怒道：「你別小覷了人，我們馬上派人和你同去。像你這樣的人哪，我們這裡個個比你都強。由你來挑吧，挑著誰，誰就去。讓你瞧瞧我們穆罕默德信徒的氣概。」

霍青桐的原意要讓那些滿州使者知道，回人並非他們眼中那般怯懦。至於特別提出說女人也敢去，則是再次強調女人的勇敢並不輸給男人，如果有人心中還存有男強女弱的觀念，最好趁此好好糾正。至於滿州使者竟挑上了喀絲麗，霍青桐因愛妹心切而後悔，再又衍生出因見陳家洛和妹子在一起後的失落，那又是另一番春秋了。

三從四德天朝女子

從以上介紹來看，霍青桐不讓鬚眉的人生態度在伊斯蘭的世界裡並不顯得突兀，那麼，在向來重男輕女的中國歷史上，她又該被如何定位呢？

仔細回溯中國過去幾千年的歷史，自周公制禮作樂以來便充滿了重男輕女的色彩。在周朝的封建制度之下，必然充滿父系和父權爲中心的比重，後裔的計算上亦以父系爲主，故此男女雙方結婚後的居所也多在男方處所。在這類「父居」的家族中間，父親自然處於家長的權威地位。在這種傳統的家庭觀念裡，每一個人要服從權威或長輩，注重祖先崇拜、門第與家風。要注意的是，「重男輕女」、「男外女內」也是這種家族制度內涵的一部分。男子既是一家血緣之傳承者，亦是一家中的經濟支柱，相對的，女子在家族中的地位不受到重視。尤其爲人妻以後，女子的責任重點在於侍奉翁姑、生兒育女，爲家族延續後代，若這種「向內」的責任不能完成，縱使她有很多美德，也將因犯了「七出」之條，而失去當妻子的資格。總之，家族制度的體現，卻是中國傳統社會的兩性不平等的代價所得。

白居易在《長恨歌》裡一句「天生麗質難自棄」，使得後世對女子的觀感幾乎都被定位在輔佐、取悅男性的被動層次。楊貴妃被賜死馬嵬坡前的那一幕，也一再提醒世人對妲己、褒姒這些「紅顏禍水」誤國的印象。

然而，被認爲最早以禮法規範女子生活標準書籍《女誡》的作者班昭，本身卻是一位一般男子都難以望其向背的大學問家。班昭家學淵源，上有《史記後傳》的歷史學家父親班彪，以及《漢書》作者班固和投筆從戎的班超這兩位哥哥，她本身也是博學多才。因嫁給曹壽（世叔）爲妻，人稱曹大家（家，音姑）。在班固死後，漢和帝因聞她的才女之名，請她到後宮教授妃嬪讀書，並且繼承父兄的未盡之志，完成《漢書》的〈八表〉和〈天文志〉。

至於《女誡》中的有關婦德中的四行，也就是《書劍》中李沅芷受駱冰之所謂的四德，原來的要求是這樣的：

婦德——不必才名絕翼，要清嫻貞靜，行己有恥，動靜有法。

婦言——不必辯口利辭，要擇辭而說，不道惡語，不厭於人。

婦容——不要顏色美麗，要盥洗塵穢，服傭鮮潔，沐浴以時，身不垢辱。

婦工——不必工巧過人，要潔齊酒食，以侍賓客。

客觀細看這樣的做人做事標準，雖然對日常的行住坐臥多所限制，事實上卻不失為放諸四海皆準的行為準則，即使時至今日，也是人人在生活中應勉力而行的自我要求，如果非要說成是用來禁錮女性的標準，實在太沈重。

和四德相息相生的「三從」——「在家從父，既嫁從夫，夫死從子」，也在中國故有的典籍中一再被稱頌傳揚。像是劉向的《列女傳》裡許多例子就為這類「婦德」作了注腳。《列女傳》為人詬病的原因頗多，其中之一是源於《列女傳》中對婦女身體自殘行為的讚賞，《列女傳》也因此常常變成了《烈女傳》。

《列女傳》中婦女的身體自殘行為，包括了自毀容貌與自殺，而其中又以自殺為最普遍。在《列女傳》的〈貞順〉和〈節義〉這兩類傳記中，充斥著為種種原因而自殺或自毀容貌的女子，《列女傳》不知其所以地對一些壓抑自身慾望的婦人，大加讚揚。《列女傳》中婦女自尋死亡的原因，幾乎是「無地而不可死」，女子的生命，在忠、孝、賢、貞、禮、信等等道德名義下，像螻蟻一般微不足道。表面上看來，婦女的自殘似乎被冠上種種堂皇不可侵犯的理由，實際上所有自殘行爲的指向卻都只有一個——那就是「男人」。這些行爲的背後，不是爲夫就是爲父，不是爲兄就是爲子，婦人的自殘或死亡，正鞏固了傳統的「三從」架構，在男性的政治權力下，女子本就只是附屬於男子次等人類。

《列女傳》在〈辯通〉篇中，留下一小隙的裂縫，允許女子提出她在政治上的看法，那獲得如此殊榮的三個女子，就是齊鍾離春、齊宿瘤女和齊孤逐女。

鍾離春是春秋時齊國無鹽邑人，〈辯通〉篇形容她的長相，說她「其爲人極醜無雙，臼頭深目，長壯大節，昂鼻結喉，肥項少髮，折腰出胸，皮膚若漆」。五官不漂亮不說，身材極差，皮膚也黑極醜極，由於奇特長相，使她到四十歲還嫁不出去，可是她不但不喪氣，反而決心毛遂自薦，去晉見被奸佞圍繞的齊宣王。

鍾離春見到齊宣王，便毫不留情地開始痛斥齊宣王的昏庸之處；齊宣王如背上被人猛抽一鞭，自他臨朝以來，聽到的都是恭維奉承之語，從來沒有人敢向他直諫！他長歎一聲，卻出乎意料地大拍龍椅，讚道：「痛快！我的嬪妃們雖長得美，但都是些繡花枕頭！妳雖長相不如她們，但是內在卻比她們美十分！我正需要像妳這樣的人才！」想來齊宣王昏得還不徹底，他當機立斷，聘娶鍾離春爲皇后，從此勵精圖治，整頓朝政。

弔詭的是，《列女傳》中對婦女容貌的敘述一向輕描淡寫，唯有在鍾離春、宿瘤女和孤逐女這幾個例子中，極盡描繪三位女子的醜貌，而且醜到幾乎失去了女性的特徵，而較近似於男性，讓人們對她們印象深刻到難以磨滅。以鍾離春爲例，完全是一個男女莫辨的模樣。

直到近代，女性的才幹愈益遭到扭曲比諸前朝也不遑多讓，女性地位不但一再被物化，在這個競爭激烈的世代，那些較具聰明才幹的女性還會被冠上「女強人」、「虎霸母」、「男人婆」等之類十分不尊重女性的貶詞。台灣在八〇年代的大學校園間，流傳著「台大無美女，政大無處女，師大無才女」這幾句俗諺，充滿著對三所頂尖國立大學女生的毀損。

天生才能豈可輕棄

其實，美麗和智慧是可以並行不悖的。先來看看四大美人吧！西施、昭君、貂蟬、貴妃這幾位絕色佳人之中，眞正因美貌而遭到唾棄的也只有那個和李隆基「七月七日長生殿，夜半無人私語時」的楊玉環。出現最早的西施和在《三國演義》裡令人留下深刻印象的貂蟬，則是智高技巧的女間諜。一個在越王句踐臥薪嘗膽時以身許國，令吳王夫差爲她沈迷於館娃宮；一個本是司徒王允養的小歌女，卻折損了權傾一時的太師董卓和當世英雄呂布。再說獨留青塚向黃昏的昭君吧！表面上雖然仍在國家爲重這頂大帽子下，免不了成爲被物化的犧牲品，但是她留芳後世的卻是西出陽關無故人的忍辱負重。從這裡就可以看出，不論是正史裡的人物，抑或是稗官野史的角色，同樣不似後世那般標榜女性的絕對柔弱。

令人安慰的是，在這個以男性爲中心的父權體系社會中，歷朝歷代還是不乏才女出世的例子。「女子無才便是德」的戲謔之詞也不是一成不變的金科玉律。

中國歷史上唯一的女皇帝武則天，十四歲入宮，美色令李世民、李治父子先後著迷，不過因爲她活到八十幾歲，以致健忘的人們不太記得她也曾傾國傾城，再加上她在政治鬥爭上表現的光芒幾乎掩蓋一切，野心打破男人從政遊戲規則，「牝雞司晨」的非議因此從不間斷，歷史上也因她爲爭權不惜殺死自己兒子而對其的評價趨於兩極。

然而撇開這些私人德行和主觀評量不談，她的治世眼光在歷代君王之中實可名列前茅。早在成爲李治的皇后之前，她就對高宗提出十二項禮賢下士、收買人心的建言。分別是：一、勸農桑、薄賦徭。二、給復三輔地。三、息兵，以道德化天下。四、南、北、中尙禁淫巧。五、省功費力役。六、廣言路。七、杜讒口。八、王公以降皆習《老子》。九、父在，爲母服齊衰三年。十、勛官已給告身者，無追核。十一、京官八品以上，益廩入。十二、百官任事久，材高位下者，得進階申滯。

到了正式掌權之後，更有許多膾炙人口的求才之舉。如〈求賢詔〉的頒布，令五品以上官員各舉所知，著名的賢臣狄仁傑便是在當時得到薦舉。再如開創科舉時代的用人唯才標準，打破千年以來上品無寒門、下品無士族的門閥之見，開創世界取才史上不朽的範例。

宮廷之內的情況如此，宮廷之外的奇女子表現也不遑多讓。尤其以「尋尋覓覓、冷冷清清、淒淒慘慘戚戚」連續十四個疊字聞名的易安居士李清照，更是千年以來與一千男性文學家平起平坐的代表。

積弱不振的宋朝，予人的印象似乎不外是昏於朝政、卻長於工藝的徽宗趙構，再不就是「楚腰纖細掌中輕」的病態美。生於同一時期的李清照，雖亦不免因爲國家的衰弱而飽受流離之苦，後半生更因此在淒涼和困苦中度過。可是這一切卻不能掩蓋她在中國文學史上發出的燦爛光輝。

李清照清新婉約的詞一直爲人津津樂道，可是一個擅於塡詞的人，不會只局限於特定的創作格式，而必然有過人的文學素養。除了詞之外，她還能詩擅文。幾首存留下來的詩，甚至蘊涵了明顯的政治思想，如：

西漢本繼紹，新室如贅疣。所以嵇中散，至死薄殷周。

——《詠史》

生當作人傑，死亦為鬼雄。至今思項羽，不肯過江東。

——《夏日絕句》

李清照其實不是唯一的特例，在她之前幾個世紀，也曾出現幾位耀眼奪目的女子，像是撰有《胡茄十八拍》的蔡琰，也就是《文姬歸漢》的女主角蔡文姬，以及以「詠絮之才」名噪一時的謝道蘊，也都給後世留下不朽的佳話。

文壇的例證有才人，戰功彪炳沙場女將也不寂寞。隨父親李淵起兵反隋、建立大唐的平陽公主，幫助李靖成就李世民的紅拂女，北宋仁宗年間天波府裡的穆桂英，她們爲了江山社稷，在戰場上也是叱吒風雲。

或許是亂世出能人，無巧不巧，沙場上也有一位英勇過人的女英雌，和詞人李清照同在靖康之恥的歲月裡分別交相輝映，那就是在中國民間家喻戶曉的梁紅玉。

梁紅玉原本出身將門之後，自幼跟隨父親南征北討，既能弓善射，又通曉文墨，本就是個不讓鬚眉的女中豪傑。怎奈造化弄人，當時宋朝的半壁江山已經淪喪在金國之下，梁紅玉的父親又不幸亡故，她也在殘破的局勢中輾轉流落至青樓賣唱。梁紅玉雖然身在風塵，可是志比天高，她對那些耽溺於酒色、不知國恥的紈袴子弟極為鄙視，對那些滿懷報國之願的志士則充滿了嚮往之情。在某一個機緣之下，她結識了日後成為抗金名將的韓世忠，夫妻兩人共同為風雨飄搖的大宋力挽狂瀾。

向來被視作「纖弱為美」的漢族女子如此，非漢族女子也有不少令人驚豔的例子。在此，不得不提到唐太宗的賢內助長孫皇后。長孫皇后的父親是隋朝右驍衛將軍長孫晟，因幼年時父親病故，在舅父的收養下，成了一個知書達禮的大家閨秀。關於長孫皇后有一個很有趣又發人深省的故事：有一次太宗罷朝回到內殿，面孔氣得鐵青，對長孫皇后說：「看我不殺了這田舍翁（鄉巴佬），眞是難洩我心頭之恨。」皇后忙問何故，太宗憤憤地說：「還不是魏徵這佬兒。他每次進諫我幾乎都無所不納。可是他實在越來越不像話，這次在朝中差點讓我掛不住面子。」皇后聞言，趕緊回屋換上朝服，鄭重其事地向太宗行起大禮來。太宗莫名所以，問這是什麼意思。皇后這才跟他說：「妾聽說君主英明才會有忠直的臣子，今天魏徵敢直言相諫，乃由於陛下英明，豈能不給您道賀！」太宗聽後，不禁轉怒為喜。長孫皇后的智慧不僅一時保住了魏徵的性命，並間接促太宗察納雅言及其隨之而來的貞觀盛世。

另外一個足智多謀、韜略非凡的女人出現在遼太祖耶律阿保機的時代，那就是阿保機的皇后述律。述律皇后的先祖是回鶻人。五代之初，中原藩鎮混戰，北方的契丹族趁機崛起。耶律阿保機趁中原之亂統一各部，進而稱帝，九一六年建國號契丹，疆域控制整個東北及西北部分地區。在這些征戰中，述律皇后不但參與策劃，有時甚至親自指揮戰役。

述律皇后不僅在戰場上屢見佳績，對政治生態的敏銳度也是嗅覺靈敏，知人善任不是溢美之詞，其深謀遠慮更是為人津津樂道，在她參與的幾項人事案中，對遼王朝有著相當大的影響。如歷太祖、太宗、世宗、穆宗四朝的重臣韓延徽，便是經由述律皇后慧眼識人而受到重用的。

述律皇后在政治史上最令人驚愕的一件事，是她爲了在阿保機死後牢牢握住政權而不惜砍斷自己右腕的一段公案。耶律阿保機駕崩之後，述律皇后卻遲遲不肯讓太子登基，直到下葬那天，才語出驚人地向大臣說：「皇帝生前待衆賢卿恩重如山。如今駕崩，也不好讓他獨自寂寞，你們素來得到皇帝寵幸，就派你們去侍奉皇上吧！」原來，述律皇后想藉此除掉親太子派大臣，改立次子爲王！突然，一個叫趙思溫的臣子大叫：「皇后，且慢！」、「吾等受先皇重恩，下九泉去侍奉皇上，理當萬死不辭！但皇后更是先皇最親近的人，怎麼忍心讓先皇一個人走？」蕭后沒料著竟被搶白。心一橫，竟猛然抽起侍衛的佩刀，朝自己的右腕剁了下去……。她咬著牙、含著淚說：「賢卿說得有理，只是皇帝乍逝，局勢動盪，我若扔下這辛苦建立的基業，先皇一定會怪罪於我！所以，就將我的斷腕，充當是我以身殉葬吧！」這等血淋淋的鏡頭，叫人不寒而顫。講起謀略，古今中外像述律皇后這樣膽識的，只怕比鳳毛麟角還要少吧！

不讓鬚眉巾幗先驅

從以上例子已可明顯看出，兩性平權並非要男不像男、女不像女，而是要男性學習女性的優點，女性學習男性的長處，成爲剛柔並濟的新人類。女性可以強壯、勇敢、機智、有企圖心；男性可以溫柔、體貼、細心。刻板印象中如男性以事業爲重，女性以家庭爲重；男性不拘小節，女性斤斤計較等，是傳統性別角色分工的結果，而非性別本身所造成。

長久以來女性被狹義的局限於社會生活的範疇，否定女子受教育的機會，否定其基本人權，將女性視爲次等人。此從屬心態自歷代以來的文化、藝術、文學、法律，甚至宗教文獻中均可見到，它持續的蔓延到生活的個個層面。它阻礙了社會與經濟的發展，阻礙了創造一個公義的社會秩序。

男女之間的差異是建立在生理上的。男性的身體與女性的身體不同，使男性與女性在體力、速度、耐力、柔韌性和靈活性上有不同；兩者腦部的不同使兩者在思維方面有不同。歷史事實說明，這些差異對男女爭權奪利沒有絕對決定。在得到相同的權力與成就的機會上，男女是平等的。男性與女性會在不同的條件下分別占有一定的爭權奪利的優勢，但不是永遠。

女子與男子同生為人，有相同的腦部結構，要是人類歷史早就兩性平等的話，這個地球的歷史早已改寫。如果兩性平權，女子不受後天刻意地壓抑，人類的腦力便得以充分發揮，至少有一半人口的腦力不會被棄之不用，則人類的歷史進展也必將提早了幾千年。不可否認，女性在體格方面的確有不如男人的地方。可是不能逃避的卻是，許多研究證明男人的意志不如女人。體格方面的差異，除了體力略有差異之外，父權社會的價值觀一向認為細腰、肥臀、豐胸及手無縛雞之力的弱女子才是個眞正的女人，於是身材不夠纖細的女人就被摒除在「眞正的女人」之列，媒體傳播的審美觀並且止斷鼓動此一風潮。至此，若干女子亦接受和男人體格上由小差異轉變為大差異的標準，漸而成為天經地義的準則，結果則是女人失去保護自己的能力，淪為第二性別的地位。

女子豈是掌中玩物

像霍青桐這般聰慧的女子，絕對不會甘於自己的性別淪爲第二性，對於一般人視女子爲玩物的態度，更是深惡痛絕。可是這世上就有許多男人非常不知道尊重女性，碰上不敢聲張的女子，算他們賺到，可是要碰上了霍青桐，那就自找活該。

陸菲青隨著李可秀一家人回江南途中，住在布隆吉的「通達客棧」，因數年前殺死焦文期那一段公案，叫他對這剩下的三魔留心，晚上便踱到院子裡，想聽聽童兆和和閻世魁他們說些什麼名堂。說到後來，關東三魔離了正題，嘴巴開始不乾不淨起來。

童兆和沒了話，自己解嘲：「紅花會咱們不敢惹，欺侮回子還不敢嗎？他們當作性命寶貝的玩意兒咱們給搶了來，以後兆將軍要銀子要牛羊，他們敢不雙手送上嗎？我說閻五爺，你也別想你那小喜寶啦，敢情回京求求兆將軍，讓他給你一個回人女人做小老婆，可有多美……」

正說得得意，忽然拍的一聲，不知哪裡一塊泥巴飛來，剛塞在他嘴裡。童兆和啊啊啊的叫不出聲來。

書上雖然沒有直接明說泥巴是誰打的，可是陸菲青卻想見識見識這位朋友是何方高人。五六里地跟下來，那人身材苗條、體態婀娜，一襲黃衫，不是霍青桐，還有誰？

給童兆和這個小小的教訓，不單只是因爲童兆和對回人的蔑視，在這個粗淺的底下，叫霍青桐更無法忍受的是他對婦女的輕侮。如此損及婦女尊嚴的不堪言詞，聽在霍青桐這般具有自主意識的女子耳裡，讓柔弱的女子在精神和肉體上遭受無恥之徒凌辱，那是可忍、孰不可忍的事情。社會上那些惡劣的敗類，不過因自己一時的生物慾念作祟，卻妄想占女性的便宜，事後再把這立足點不平等的性騷擾的責任推向對方。時至今日，社會上對性侵害案件的評論，還屢屢有人將之歸咎於被害人的言行舉止不檢點者。這種謬論，從童兆和這個例子就可以看出它的站不住腳了。

現今社會上對女子遭受性侵害或性騷擾，存在著不少不公平，也經不起檢證的假設，意謂女性遭到性騷擾者，多屬咎由自取，甚至語帶輕蔑地說女人如果自己「檢點」，就不會成爲被侵犯的目標。支持這等言論的人並且言之鑿鑿地歸納，那些容易被人非禮的女性，衣服穿著是如何地暴露，而女性穿著性感的衣服，亦不外乎想吸引人注意云云。至於爲了自己和其他婦女同胞的權益而出面指控的人，常被扭曲爲以身體換取高位的豪放女，投懷送抱失敗的花瓶女，或是爲工作表現不佳而挾怨報復的女王蜂。

性騷擾的問題十分嚴肅，是侵犯每個人的身體主權的一種不當行爲，對男性及女性都有同等的重要性。在現實生活中，女性對性騷擾多逆來順受，反映出兩性不平等的權力關係。有些女性對被性騷擾的遭遇感到難於啓齒，甚至有不少人在社會的扭曲下，也認爲是自己有問題，才惹來麻煩。傳統的角色中，男性往往被標榜爲強者，男性侵犯女性的動機是因爲要滿足潛意識征服弱者的心理。

由於社會的曲解，受到性騷擾的被害人的反應甚至會相當困惑，明明受侵害已經夠倒楣了，還要反省是不是自己反應過度、過度敏感？是不是誤會了別人無心的行爲？還有的責怪自己，是不是做錯什麼，才讓別人以爲可以這樣對待？到最後，相信自己的人那麼有限，一方面擔心報復，可卻又偏偏那麼無助，所有的憤怒和羞辱都無處發洩。哭喊著希望有人阻止，卻是叫天天不應，喚地地不靈。最可憐的是那些以爲如果不答應讓對方占便宜，往後更沒有好日子過的傻女人。抱怨又怕成爲所有人的笑話，怕其他人說這是小題大作，豈不一輩子成爲笑柄？

對這種事，該認清的時候還是要認清的，因爲這世上的確有太多對女性不公平的事。如果姑息，只會養奸，別人更會以爲那是示弱的表現。

霍青桐離家出走，幾次狹路相逢遇到關東三魔，色字頭上一把刀的顧金標見她風緻楚楚，一路下來滿腦子意圖染指，霍青桐雖然巧計避開，沒想到這隻癩蛤蟆死到臨頭還是垂涎不已。霍青桐不是那種「大門不出，二門不邁」的纖弱女子，可是一來，就如書中所說，以當時的時空來說，回教男女界限的嚴苛又較今日爲甚，婦女出門戴上面紗是必然的習俗，再說她生於部族首領之家的身分，必然較一般人更謹守禮教；二來，她的個性又是屬於端莊嚴謹型的，對這種身體權利的保護一定更加注重，不會委屈自己隨意便宜了像顧金標之流的無恥之徒，即使哈合台想就朋友的立場盡一點毫無道理的道義，也絕不妥協：

哈合台道：「老二，你有什麼未了之事？」顧金標道：「我只要親一親她的手，死也瞑目。」熬住一口氣，望著霍青桐。哈合台道：「姑娘，他快死啦，你就可憐可……」霍青桐一言不發，轉身走開，臉已氣得慘白。顧金標長嘆一聲，垂首而死。

哈合台是顧金標的哥兒們，又是個粗人。在他看來，霍青桐如果適時發揮一點憐憫之心，讓顧金標親一親她的玉手，根本要不了她的命，也少不了她一塊肉。小小的施捨，不管顧金標死後是上天堂或者下地獄，至少斷氣的那一剎那不會有太大遺憾，說不定還能有一絲絲滿足。就顧金標和哈合台自私的立場來講，霍青桐簡直不近人情，對一個垂死之人還如此斤斤計較。

可是就霍青桐來說，甚至就旁觀者的角度來看，那麼霍青桐於情於理都可以站得住腳。想那顧金標，不但非親非故，而且一路下來還是個意欲加害於己的惡徒，死到臨頭正是他惡貫滿盈之時，居然還想吃頓最後的天鵝肉。如果只為了一時的婦人之仁讓這淫賊得逞，那天底下就沒有道理可言了，實在沒有必要長養這世間的不義。

還原女性本來面目

有人說近代武俠小說中的女權運動的先驅是還珠樓主，《蜀山劍俠》裡駕著劍光四處飛行的劍仙奠下基礎。和金庸齊名的梁羽生的《白髮魔女傳》裡的玉羅刹則是新派武俠小說中第一個以女性為主角的類型，其後的《冰川天女》、《散花女俠》英雌一個接一個占領這片原本屬於男人的領域。不過梁羽生的小說中女權主義傾向還不是特別嚴重，女主角雖好但也不過比男主角稍勝一籌，還只是處於女權運動的發展階段，臥龍生才是使女權運動壯大至極峰的革命先烈。在他的書裡，男性成了陪襯的角色，筆下的男主角全憑一張潘安再世的臉行走江湖，文疏武弱，而且缺乏個人特色，難以令人留下深刻印象。而衆美女們相對而言就顯得較爲突出，美若天仙只是最基本的條件，身懷絕技兼足智多謀則更造就了諸女至高無上的地位，這種趨勢始自《飛燕驚龍》，經《飄花令》、《搖花放鷹》、《劍無痕》而至《劍氣洞徹九重天》而集大成。

金庸的武俠系列雖然基本上仍然是男人的天下，但在他早期幾部小說裡面，適度地還原了女性可以在社會上有所作爲的面貌。

說黃蓉是金庸小說最突出的女主角大概沒有人會反對，如郭梅在武俠人生叢書系列《黃蓉的人生哲學》中便指出，「在充滿陽剛氣的武俠世界裡，很難有女性人物能達到猶如黃蓉那樣的在書中占有舉足輕重的地位。黃蓉不但是金氏武俠，甚至可以說是整個武俠世界唯一的一個重要性達到超過男主人翁的傑出女性形象。」（頁一五六）由於黃蓉的身影橫跨《射鵰》、《神鵰》兩大鉅著，年齡從十五、六歲的及笄之年到祖母級的風霜，從甫出現不久捉弄黃河四鬼到桃源連過漁樵耕讀四關的機鋒，還有鐵槍廟內抽絲剝繭的傻姑口中套問出江南五怪的死因，其所表現出來的智慧，令得一干英雄也望塵莫及。

接著黃蓉下來的小龍女，雖然在穿著上和香香公主一樣是白衣仙子下凡的人物，她武功上，她卻是神鵰大俠楊過的師父，也是可以和反派高手金輪過招的要角。《倚天》裡的周芷若被認爲是個具有政治手腕的女人，苦練的九陰眞經幾可與張無忌的九陽神功抗衡。《飛狐外傳》程靈素雖是肌膚枯黃，臉有菜色，毒手藥王的本事卻令人聞之色變。

黃蓉的一切得之於先天，小龍女、周芷若和程靈素的本事世間難得，倒是霍青桐的光彩較趨於實際。

宏觀視野縱橫國際

「喂，小夥子，鏢還給你！」這是霍青桐在《書劍》中開口所說的第一句話。書上沒特別說明，可是對照前後文可知她說的是漢語。《天龍八部》中，喬舉峰和阿朱去小鏡湖找段正淳，正好遇到阿紫捉弄褚萬里，阿紫見了阿朱，說了幾句話，金庸說話頗有些捲舌之音、咬字不正，就像是外國人初學中文一般。《書劍》裡沒有說霍青桐的漢語是否字正腔圓，但至少沒特別提她有口音。

除了霍青桐，木卓倫和霍阿伊也是通漢語的，這從他們一開始來中原奪經那一段就可以看得出來。

相對之下，喀絲麗在這方面就遜色一些。她隨著陳家洛去兆惠那兒作使者，後突圍而出，遇著紅花會來援人馬，衆人聽說她是霍青桐的妹妹，見她容顏絕麗，溫雅和藹，都生親近之意，只是言語不通，無法交談，還惹得周綺不高興。

這數十年來，國際間各項交流日益頻繁，不論政府或企業界都亟需雙語人才，甚至多種語言人才，以打入國際社會。就個人來說，這是踏入這個地球村的一個工具，有了外語能力，求生謀職的籌碼在手，身價也在瞬間暴漲，做起事來也就游刃有餘。就企業或國家來說，有了雙語人才協助在前線作戰，參與國際事務也若烹小鮮，所謂提高國際競爭力，語言不可不謂其中一道助力。撇開這麼高層次的嚴肅問題不談，當代日常生活中對外語的使用也是越來越頻繁。現今國際貿易如此熱絡，閉關自守、閉門造車的辦事形態早已淘汰出局，即使本國可以生產某種貨物，也沒有人一味抱殘守缺，而放棄其他選擇的機會。吃喝拉撒睡各種生活供需都可能有接觸到外文的機會，即使經過翻譯，那還是得有些人懂得外文，才能讓其他人享受這地球村裡其他角落的東西。

語言的使用有說、聽、讀、寫四個要項，對外語，有人可以讀但不見得會說，有人會聽但不一定能寫。霍青桐會本族的回文不用多說，還懂得漢語，說她走在時代尖端不夠貼切，譽她超越時代也不算溢美。事實上她在《書劍》出現時多半使用漢語，大約只有幾次在全是回人的場合，以及和陳家洛、喀絲麗在石室中爲了配合喀絲麗才說了回語。也就是說，她對漢語的說、聽都完全沒問題，讀的方面，有她對《三國演義》的嫻熟爲證。

令人驚異的是，會當時的強勢語言漢語還不稀奇，她居然還多了個「第二外國語」——蒙古語。事情是這樣的：

次日清晨，關東三魔睜開眼，見了霍青桐的小帳篷，略感訝異。霍青桐這時已脫去黃衫，帽上的翠羽也拔了下來，把長劍衣服等包在包中，空手走出帳來。滕一雷見她一個單身女子，說道：「姑娘，你有水嗎？分一點給我們。」說著拿出一錠銀子。霍青桐搖搖頭，示意不懂他的漢語。哈合台用蒙古話說了一遍。霍青桐部下有蒙古兵，天山北路蒙回雜處，她也會蒙古話，當下用蒙語答道：「我的水不能分，翠羽黃衫派我送一封要緊的信，現今趕去回報，坐騎喝少了水跑不快。」一面說，一面收拾帳篷上馬。

哈合台搶上前去，拉住她坐騎轡頭，問道：「翠羽黃衫在哪裡？」霍青桐道：「你們問她幹嘛？」哈合台道：「我們是她朋友，有要緊事找她。」霍青桐嘴一扁道：「當面扯謊！翠羽黃衫在玉旺崑，你們卻向西南去，別騙人啦！」一抖韁繩要走。哈合台拉住轡頭不放，說道：「我們不識路，你帶我們走吧！」對滕顧二人道：「她是到那賊婆娘那裡去的。」

關東三魔見她一臉病容，委頓不堪，說話時不住喘氣，眼看隨時就會倒斃，沒半分像是身有武功，自是毫不懷疑，欺她不懂漢語，一路大聲商量，決定將到玉旺崑時先把她殺了，然後去找翠羽黃衫。顧金標見她雖然容色憔悴，但風致楚楚，秀麗無倫，不覺起了色心。

霍青桐見他不住用眼瞟來，色迷迷的不懷好意，心想他們雖然不認得自己，但到玉旺崑尚有四五天路程，這數日中跟這三個魔頭同行同宿，太過危險，於是撕下身上一塊花布，縛在一頭巨鷹腳上，拿出一塊羊肉來餵鷹吃了，把鷹往空中一丟，那鷹振翼飛入空際。滕一雷起了疑心，問道：「你幹什麼？」霍青桐搖搖頭。哈合台用蒙古話詢問。

霍青桐的外語能力不但用在事業上，也保住自己的清白，救了自己一命。接著這一幕下來，她和陳家洛會合上，陳家洛建議由其中一人引開狼群作爲犧牲，其他六人便能得救。哈合台幾個拈鬮，拈到誰，就讓誰去。張召重挑了五枚同樣大小的銅錢，四枚雍正通寶，一枚順治通寶。約定誰摸中順治通寶，誰就出去引狼。雖然雍正通寶和順治通寶大小一般，但雍正末年所鑄的錢與順治通寶所鑄的時候已經相差了八十年左右。順治通寶在民間多用了八十年，磨損較多，也要薄一些。對尋常人來說，常人極難發覺。可是張召重和陸菲青一樣，在武當門中練芙蓉金針之前，先練錢鏢。錢鏢的手勁，與銅錢的輕重大小又極有關係，他手上銅錢捏得熟了，手指一接觸，馬上分辨出來。陳家洛隨後也摸到雍正通寶，不必去餵狼。顧金標眼見張召重和陳家洛已先後過關，那麼那枚順治通寶，注定是要關東三魔兄弟拿了，不禁抗議其間有弊。張召重雖不高興，仍勉強答應重新摸銅錢。這一次顧金標認為誰都可以摸得出來銅錢上順治、雍正的字形，因此不要順治通寶，而提議除了現有的四枚黃桐雍正通寶，再拿一枚白銅雍正通寶，誰拿到白銅的就是誰去。張召重表面保持笑容，手指卻一用力，把白銅的銅錢捏得微有彎曲，和四枚黃銅的混在一起。輪到哈合台伸手的時候，霍青桐忽然以蒙古話叫道：「別拿那枚彎的。」哈合台怔了一下，第一枚摸到的果然有點彎曲，忙另拿一枚，取出一看，正是黃銅的。

原來五人議論之時，霍青桐在旁冷眼靜觀，察覺了張召重使內力捏彎銅錢。她見關東三魔中哈合台為人最為正派，先前顧金標擒住了她要橫施侮辱，哈合台曾力加阻攔，這次又是他割斷她手腳上的繩索，因此以蒙古話示警報德。其後顧金標和顧滕也在示警下都拿到了黃銅錢。陳家洛和張召重先聽霍青桐說了句蒙古話，又聽哈合台說了句古里古怪的話，不知是什麼意思，十分疑惑。陳家洛看看霍青桐，香香公主大概也懂得些蒙古話，搶著叫他別拿那枚彎的，霍青桐這時也乾脆用回語跟他說白銅的錢幣已給這傢伙捏彎一事。陳家洛心想，他們正要找尋藉口離去，現輪到張召重去摸，他定會拿了不彎的黃銅錢幣，留下白銅的。如果自己義不容辭的出去引狼，她們姊妹就跟他走。他們顯得被迫離開，不會引起其他人疑心。正在此時張召重伸手到哈合台袋中，陳家洛忽然見顧金標目光灼灼的望著霍青桐，心中一凜，只怕他們用強，不讓兩姊妹和他一起走，那可糟糕了。這時張召重的手已伸入袋口，陳家洛再無思索餘地，索性揭穿張召重，叫他拿那枚捏彎的，不彎的留下。

霍青桐因他種語言兩度救了自己和所愛的人，語言的重要性在此只顯現出其中一端。不論世界風潮如何轉變，可以確定的是，各國都不能再閉關自守，而應以開闊的心胸來面對這個多元的世界，這樣，不但可以促進全世界人類的交流與融合，對己身也會有莫大的幫助。因此不論各行各業，精通外語人才的需求量必將大增，來解讀第一手資料，搶得第一手機會。否則，若在這瞬息萬變的地球村裡無法和別人溝通，將毫無競爭能力，所以培育外語人才將是各國政府在教育上的一項新措施，現實的是，如今在先進國家的就業市場上，唯有國際觀及外語能力的人，將成為市場的新寵兒。若能以小見大，不論個人或企業，以至於國家，其所蘊藉的潛力將是不可限量，未來的成就也將令人矚目。

霍青桐的人生哲學

評語

女權先驅難脫矛盾

千百年來，中國的傳統篤信著「男主外，女主內」的男女分工模式，社會也造就出許多不同形式的意識框框，期然不期然間，女性的社會功能被烙上無形的桎梏，大多數只限於扮演她們在家庭內的角色。可怕的是，「女子無才便是德」這句違背人類進化原則的七字訣，竟然可以在毫無邏輯支援的情況下成爲紅塵男的教條。即使十八世紀以來，工業革命帶動世界文明的發展，仍有許多人迷信相夫教子是女人的天職。尤其可悲的是，製造這種貶抑女子價值話語的人不僅擔心女性成爲男性的競爭者，反而是在「爲妳好」這頂帽子之下成了母女或者朋友間口耳相傳的金科玉律。多少爲人母者不自覺地受了父權社會價值的影響，卻又不自覺地將原本遭到扭曲的觀念加以無限擴張，在她們的女兒識事以來便一再諄諄告誡她們的女兒，女性最大的幸福便是找到一個歸宿。女性在這種迷思或者教條的設限下，將「大門不出，二門不邁」之類的大纛奉爲圭臬，至於那些喜於「拋頭露臉」者，只好被迫承擔違逆傳統的罪過。女人的世界因此愈形窄化，她們不能和男性一同翱翔在多采多姿的天空裡。男性在多元的社會中，可以談古道今，可以上通天文，下知地理。而女人的世界終日只有與柴米油鹽等瑣事爲伍，除了洗手做羹湯，她們的任內之事就是生兒育女，親事翁姑。

本書〈人生觀篇〉中提過，女性發揮才能的例子不是沒有，只是其比例在整個人類發展史上只能算是鳳毛麟角。尤其中國只有一個武則天，也沒有很多個穆桂英、梁紅玉。

而且這種情形也不獨是神秘東方的專利，否則，居禮夫人的故事不會那麼膾炙人口，一九八〇年代的英國首相柴契爾夫人也不會遭到「鐵娘子」的揶揄。據說，有一次惠普公司（Hewllet Packard）總裁菲奧莉納（Carleton Fiorina）受邀至白宮作客時，美國一位高級官員驀然想起自己的妻子也曾經上過大學接受高等教育，只是在與他走入結婚禮堂後在教育兒女爲重的帽子下，白白成爲家庭的犧牲品。

在女性主義意識逐漸抬頭的今天，這些成功的女性典範卻仍不免被冠上

「女強人」的稱號。男女平權，逐漸成爲現代女性所追求的趨勢。然而不可否認的，儘管現在女性已經有機會在多數領域中，和男性一較長短，女性眞正走入社會，追求成功和享受掌聲的路上，勢必要比男性付出加倍的努力，也必然承受更多的寂寞。

弔詭的是，女性一旦出頭天就被賦予「女強人」之稱謂，卻沒有人替事業有成的男人戴上「男強人」的皇冠。由兩性觀點來看「女強人」，似乎歸因於一般男性傾向於將「女強人」用於表達一種敵對的意念，認爲這是一種違反傳統婦女美德、無法兼顧家庭的行爲。而站在同是女性的批評，則有大部分覺得這類女子好求表現而過於強勢，只有小部分認爲這才是女性的模範，是勇於實現自己的理想表率。

女強人在自我成長過程中，會期許自己拋開性別的羈絆，說服自己放手努力向前，這段時間通常出現在自青春期開始直到適婚期左古。可惜的是，許多在少女時期懷抱遠大理想與抱負的女青年，一旦離開校園，進入社會，面對社會對女性傳統期許的壓力，便有不少人放棄原先的理念，而漸漸調整讓自己也認同女人爲人妻爲人母的觀念。這二者的消長之間有相當程度的落差，身爲當事人該如何調適，以及如何處理過程中所產生的矛盾，在在需要智慧和勇氣去化解。至於就整個社會來看，一般大衆對於「女強人」存在著一定程度的刻板印象，通常是不太公平，並且是負面的批評。會產生這種情形的主要原因在於，社會化的過程中，社群往往被傳統的家庭意識所包圍，而不斷強化女性的天職，就是在可以遮風避雨的家庭之內提供其低廉，甚或無償的體力與精神的付出。如此，女性不自覺地就掉入了一種家務領域的陷阱之中，展現她們溫柔纖細的一面，任勞任怨地執行她們的「天職」。

以此端看《書劍》的霍青桐，不免令人有時空錯置之感。依她在各面向的表現，的確符合現代社會「女強人」的典型，而她在感情上的猶豫，以及陳家洛愛她敬她的矛盾，亦是至今社會上力求在自己的事業上發展出一片天空的女性難以掙脫的宿命。

金庸沒有特意說明霍青桐這位古代回疆女強人的針黹功夫和廚藝如何，倒是奉霍青桐爲偶像的周綺卻是此中的代表作。〈第六回〉裡紅花會和鐵膽莊的人因和官兵惡鬥失散，周綺遇到身受重傷的徐天宏，徐天宏要求周綺替他拔除肩頭上的金針，兩人爲了轉移徐天宏的注意力讓他不那麼痛楚，一邊說笑間卻道出周綺這位欲傚仿兩性平權的俏李逵對女紅的一竅不通。徐天宏忍著痛，笑著跟周綺開玩笑說，可惜針沒針鼻，不能穿線，否則還可給周姑娘繡花。周綺倒老實，直接承認自己不會繡花，不但折斷繡花針，也把繃子弄破。往下則想起當時她媽媽告之不會針線，就找不到婆家的古訓。生性粗獷的周綺雖然平時對此等刻意區分男女之別的規矩十分不以爲然，但臨到有關自身終身大事的時候不禁也怯場起來。

稍有成就的女性長期以來一直面對充滿敵意的大環境，大體來說，便是大衆對其能力的漠視與對女性的歧視。女強人不但專業能力要被質疑，在面對以男性權力運作的父權主義社會，還要常常忍受各式的侮辱與輕蔑。女強人的前途不但崎嶇，而且直可說遍布荊棘，少數好不容易以專業能力突破父權命題的障礙，取得一席之地者，卻仍要不斷對抗許多基於性別的歧視與打壓。不論已婚與否，大部分在社會上小有成就的女性，往往必須在公開場合適度地強調自己並不是追逐權勢財富的動物，表達她們現今或日後仍將以家庭的宣誓，來爭取別人對她的認同。

承上所述，女性在成長的過程中，往往被教導「幸福與成就成反比」的觀念。於是一些原本有機會可以在社會上和男性一較長短的慧黠女性，竟也放棄自我實現的機會，去追求他人期待中的生命幸福。不幸的是，這樣的謬思不論世代如何交替，它總是一而再地輪迴，不止息在號稱萬物之靈的人類間女性爭取權力，並不是要爭取一個巨大的權力，而是要回來一個應有的平等待遇。在傳統的男性社會中，女性主義者必須以激烈的方式，才能使訴求受到重視。

情愛迷離消蝕智慧

霍青桐給讀者的印象，焦點為她在《書劍》中和陳家洛撲朔迷離的感情關係，大部分論者並認為其間的糾葛均在陳家洛因為李沅芷女扮男裝引起的莫名誤會，及其後陳家洛遇見喀絲麗後的三角戀情中霍青桐的痛苦。對此，本書〈感情篇〉中已有詳細論述，探討陳家洛並非對霍青桐無情，而是其漢家兒郎所處社會禮教以及隨之而來的拘謹個性所致，該篇亦對陳家洛與喀絲麗間的感情提出照顧、道義、崇拜的看法。但是陳家洛在接近尾聲時的一段自剖，道出許多男子面對精明能幹的女性時，那種敢愛又不敢愛的矛盾，倒是頗堪玩味。

《書劍恩仇錄》的藝術評價不算特出，一般人尤其對公子哥兒般的男主角陳家洛多有微詞。相形之下，霍青桐得到相當高的評價，這位女中豪傑論相貌，也是當世絕色美人；論才能，她文武雙全；論品性，她胸襟廣闊，不因他人的誤會而動搖對眞理的信念。可是陳家洛一時的迴避，不可否認地對她造成了相當的傷害。《書劍》裡的陳家洛、霍青桐不是特例，類似的故事還發生在《俠客行》中的梅芳姑、石清、閔柔間。梅芳姑年輕時是武林中出名的美女，相貌美麗，無人能比，她承載梅家傳的武學，又兼學了許多稀奇古怪的武功，能詩善詞，針線之巧，烹飪之精，亦千伶百俐。可是在二十年如一日地對石清不斷付出她的感情後，得到的卻是石清的自慚形穢，不敢匹配。

女強人的愛情命運，自古多難。除了霍青桐、梅芳姑，多少女人在愛情路上只能採取守勢，把千縷情思鎖在心中，於夜深人靜時獨自折磨自己。當負心男子以「個性不合」作爲分手的理由時，飽受摧殘的失愛女子往往把那虛情假意的解釋合理化，信以爲眞。這類女性的愛情悲劇，很難單從一個人的個性，尤其是表面的行爲去判斷他作出最後決定的背後，是否有因深遠的文化背景而產生若干影響。如陳家洛的自省雖然對自己提出疑問，剖析心底深處是否不喜歡霍青桐太能幹，或是胸襟是否太小？陳家洛在社會的影響下，縱使也犯了這種男人的通病，霍青桐若明白了這個道理，其實也不必自嘆薄命，在適當相處後，還是有更進一步瞭解的空間。霍青桐的例子在今日愛情路上的顚簸，倒是現代愛情／婚姻問題討論的一個熱門題目。

期與普天女子共勉

可嘆的是，即使在教育日漸普及，當代仍然有許多號稱已進入文明社會的國家，其女性還是在舊有的教條傳承下迷失，甚至觀念慘遭扭曲而不自覺，她們在事業／婚姻的抉擇中有太多矛盾。

在狩獵或耕稼時代，人類靠體力討生活。進入封建社會以後，財富、地位、家勢等幾乎主宰著一切，在男女婚配的結合仍依靠父母之命、媒妁之言，這時女人謀生能力不足，難以在經濟上有獨立自主的地位，沒有人會質疑門戶之見的正當性，人們對於眞愛的要求比重則顯得微不足道。千年以後，當女人有能力在社會上漸漸擁有一片天空，財富、家勢這些所謂「世俗」的條件並不因而減低他們的重要性，「門當戶對」正以另一種形式在社群間繼續與男婚女嫁爲伍。

不過在此要指出的是，關心感情、婚姻發展的人不應該以有色眼鏡看待「門當戶對」這四個字，也無須對這一觀念冠上封建色彩。雖然說眞愛沒有界限，但這指的是不要爲了攀龍附鳳而忽略了愛情的本質。事實上，男女雙方要能和諧相處、溝通無礙，至少要有某種程度的共通之處，如理念、信仰、成長背景，如此才能有共同話題，也才能爲共有的目標而努力。這也就是爲何本書一再認爲霍青桐是陳家洛良偶，卻對香香公主抱持懷疑態度的原因。

因此，當提到「愛情與麵包」的問題時，兩者不見得一定是矛盾的。隨著時代的成長，既然女性也有受教育、謀職的機會，就不該再局限自己，讓自己成爲現代婚姻中的傀儡，而在日後哀嘆自己爲家庭犧牲的命運。對於傳統的價值觀、道德觀，固然不應一味盲從，卻應該透過妥善反省。透過充分的反省，才能得到的自信果實，從而在個人生涯規劃、情愛和婚姻關係，居於主控地位，不受別人擺布，不爲傳統的價值觀所局限。

這個論調並非想顚覆現代人的愛情或婚姻關係，相反地，是奉勸普天下願意戀愛結婚的紅塵男女，選擇對象時一定要愼重考慮對方是否可以在思想上和自己契合。以喀絲麗來說，她的花瓶角色太過明顯，設若她當時沒死，陳家洛果眞捨棄霍青桐而娶香香，雖然以陳家洛的出身不必讓她當黃臉婆，但他二人的愛情也絕不能永遠在喀絲麗對陳家洛的崇拜和陳家洛對她身上香味的迷戀下終老一生。

所以鼓勵女性追求屬於自己的一片天空，並不單是經濟獨立的問題，更是人格獨立的問題。衆所皆知，如果女人無法在經濟方面做到獨立，就無法眞正獨立。獨立的意思也不是要普天下的女子都做獨行俠，自外於社會群體，或自外於婚姻關係，而是希望女性成爲一個有自我的個體，不要再依附在父權社會的思想之下，委曲求全地再做第二性。同時，也要期勉普天下的男子，也和現代女子一起成長，拋棄大男人、小女人的沙文主義，這樣才能使我們的社會更和諧，更健康。

至於現代的美麗女子該如何著手讓自己更燦爛呢？本書〈處事篇〉中曾提及霍青桐作爲一個發光體，除了天生的聰明和姣好的外表之外，她又如何強化自己的優點，以期能在生存環境中更加彰顯自己的優點。以下是幾個現代人可以藉之學習的要項，有心更上層樓的人不妨作爲參考。

確定自己生命的意義——霍青桐生長於伊斯蘭教的環境，從對生死的信念到飲食起居，都有宗教信仰作爲她思考和行動的後盾。信仰人人不同，思維或有異義，人們不必定要追求生從何來，死到何去的問題，但每個人都應該主動或者被動地建立一套信仰價值體系，讓自己的生命更完整。它可以不是宗教的，卻應該足以提供人生完整的規劃。

釐清自己在生命中的定位——究竟是只想在一呼一吸間渾渾噩噩過完此生？還是可以有更遠大的理想？做一個現代女性，只是人云亦云，在飯票間得過且過，追求一窩蜂的熱鬧和一時的掌聲？還是投注心力與智慧，去完成所謂的生涯規劃和自我實現？要活得自信、快樂、充滿生命力，必須眞正清楚自己要的是什麼。這世上有太多的人一生都是隨著老祖宗留下的制式化軌跡過日子，人云亦云地打發時間，生命在平凡中度過，終其一生，沒有目標，也沒有方向。做任何事幾乎都非出自於自己的意志，不因爲父母望子成龍的希望，便是社會主流價值之所趨。即使曾經出色，亦非自己想要開的花，想要結的果，臨老追悔，卻萬事嫌太遲。

時代不斷在改進，不斷在進步。爲因應社會需要，想要不被時代淘汰，應該時時保持學習的熱情，不論自己作私人學習也好，或是參加團體的進修也罷，總之要懂得安排時間，不要任由光陰蹉跎掉，浪費生命的意義，以免臨老徒自傷悲少年時不知好好把握時間的苦。如此作好準備，只要一有機會，幸運就可掌握在自己手中，否則，如果自己並未作好準備，眼睜睜看著機會從手邊溜走，那就後悔莫及了。其實不論男女，一個有心完成自我實現的人，在出發前得要先釐清自己的條件，問問自己有些什麼本事？有什麼性向才能？如果一時難以發揮，哪些未開發的潛力可以在有朝一日遇得伯樂被發掘時盡情使出？而既然是生涯規劃，平日裡便注意安排時間，千萬別走一步算一步，到時候卻發現效益差得緊。兵法上說：「勿恃敵之不來，正恃吾有以待之。」職場上也是一樣，平時就要讓自己處於隨時可以上陣的狀態，別待機會來到眼前，卻毫無準備，到時扼腕就來不及了。

因應愈益高度專業的時代，千萬別忽略了證明自己的重要性。若是時間允許，也別放棄其他的訓練機會。所謂「世事洞察皆學問」，生活中，隨時都有值得學習的對象，如果能夠見賢思齊，也是邁向成功的一個動力。

最後，不要吝於讓自己更出色。前已言及，外表雖然不代表一個人的眞才實學，但對人們的影響還是起了決定性的作用。尤其在這個行銷的時代，人們更應該作適度的包裝，讓自己光鮮亮麗、儀態動人，成爲衆人眼光焦點所在。畢竟，外表的專業和自信，也是評估某人或某機構的要素。在這世界上帶領風騷不是偶然。做爲一個出類拔萃的人，除了過人的特質，和特殊的機緣，想在社會上做一個頭角崢嶸的一員是有方法的。懂得運用方法，把握機會，再加上適當的努力，即使無法坐擁天下，也絕對不會是個輸家。想在人生的每一階段，都過得充實且自信快樂，第一步便是先學會適度地包裝自己。唯有隨時隨地把自己最好的一面呈現出來，就已成功了一半。

不過，在包裝自己之前，也得先認清自身的客觀條件，才能突顯自己的風格。如果只是一味地追求時髦，那種美不但虛有其表，只將因其被窄化而無法出色，終將是缺乏生命力的。這時挖掘自我就變得十分重要，儘可能找出自我，透視自己個性、性向，看清自己，妳會才能更懂得發揮所長，修飾其短，做個從內到外通體出色。這就好比任何商品投入市場，都必須先予以確定屬性，區隔市場，再研究行銷策略，爭取特定消費族群的認同。商品如此，人類亦然。把當代行銷理論運用於職場上，或印證於生活中，幾乎可以無往不利。

附錄

霍青桐的人生哲學

霍青桐大事記

出生　生於天山北路的一個游牧部族，父親木卓倫，母親名不詳，兄霍阿伊。

一歲或兩歲　妹妹喀絲麗出生。

十歲以前　與妹妹、玩伴在天山草原上嬉戲。

十歲至十七、八歲　隨天山雙鷹關明梅、陳正德習武，其中以三分劍術爲得意劍法。

十八或十九歲　因清廷勢力擴展到回部，徵斂日苛，並派人奪走其族中手抄本《可蘭經》，遂與木卓倫率衆至東去奪經。途中先遇陸菲青、李沅芷師徒，又於與關東三魔之閻世魁、閻世章交手時獲陳家洛出手相救，進而結識紅花會群雄。

與陳家洛情苗暗生，卻因李沅芷男扮女裝來到，與其神態親密，致陳家洛心生誤會。霍青桐臨走時解下腰間古劍贈與陳家洛作爲定情之物，期盼陳家洛再來相訪。

陳家洛得清廷將不利於回部及霍青桐消息，趕往報信，巧遇霍青桐之妹喀絲麗。霍青桐於偎郎大會上見狀，徒留傷心。

清廷藉故攻打回部，霍青桐領軍作戰，史稱「黑水營之圍」。

十九或二十歲

繼續領導「黑水河之役」，將清軍困於黑水達四個月之久。勝利後，與紅花群雄暫別。不意清軍增援，其時在病中不能指揮，木卓倫和霍阿伊力戰而死，妹妹香香公主被俘。後賴衛士捨命將她救出，原欲與雙鷹至北京喀絲麗，但已遲了一步。到禮拜堂爲之禱告時，又遇陳家洛。會合後，與紅花會人馬欲報此仇，赴雍和宮宴，惜因方有德以徐天宏、周綺之稚子要脅，結果功敗垂成。與紅花會群雄遁入回疆。

廿九或三十歲

香香公主逝世十周年，與陳家洛及紅花會群雄回到北京「香塚」悼祭喀絲麗。再返回疆。

三十歲以後

終老於回疆。

國家圖書館出版品預行編目資料

霍青桐的人生哲學 / 楊馥愷著. -- 初版. --
臺北市：生智, 2002[民 91]
面；公分. --（武俠人生叢書；7）

ISBN 957-818-407-7（平裝）

1.金庸 – 作品研究 2.武俠小說 – 評論

857.9 91009417

霍青桐的人生哲學 武俠人生叢書 7

著　　者／楊馥愷
出 版 者／生智文化事業有限公司
發 行 者／林新倫
執行編輯／吳曉芳
登 記 證／局版北市業字第 677 號
地　　址／台北市新生南路三段 88 號 5 樓之 6
電　　話／（02）23660309　23660313
傳　　真／（02）23660310
網　　址／http://www.ycrc.com.tw
E-mail／book3@ycrc.com.tw
郵政劃撥／14534976
戶　　名／揚智文化事業股份有限公司
印　　刷／鼎易印刷事業股份有限公司
法律顧問／北辰著作權事務所　蕭雄淋律師
初版一刷／2002 年 8 月
定　　價／新臺幣 230 元
I S B N／957-818-407-7

總 經 銷／揚智文化事業股份有限公司
地　　址／台北市新生南路三段 88 號 5 樓之 6
電　　話／（02）23660309　23660313
傳　　真／（02）23660310